名家笔下的中国老城市丛书

名家笔下的老成都

总主编 张祖庆
主　编 陈　琼　洪　敏
朗　诵 柏玉萍

济南出版社

图书在版编目（CIP）数据

名家笔下的老成都 / 陈琼，洪敏主编 . -- 济南：济南出版社，2022.1（2024.8 重印）
（名家笔下的中国老城市丛书 / 张祖庆主编）
ISBN 978-7-5488-4054-1

Ⅰ . ①名… Ⅱ . ①陈… ②洪… Ⅲ . ①散文集 – 中国 – 当代 Ⅳ . ① I267

中国版本图书馆 CIP 数据核字（2021）第 256228 号

名家笔下的老成都
MINGJIA BIXIA DE LAOCHENGDU
陈琼　洪敏　主编

出 版 人	谢金岭
图书策划	赵志坚
责任编辑	赵志坚　李文文　孙亚男
封面设计	侯文英　谭　正
版式设计	刘欢欢
封面绘图	王桃花

出版发行	济南出版社
地　　址	济南市市中区二环南路 1 号（250002）
总 编 室	0531-86131715
印　　刷	济南新先锋彩印有限公司
版　　次	2022 年 1 月第 1 版
印　　次	2024 年 8 月第 2 次印刷
开　　本	170 mm×240 mm　16 开
印　　张	8
字　　数	100 千字
印　　数	10001—13000 册
书　　号	ISBN 978-7-5488-4054-1
定　　价	45.00 元

如有印装质量问题 请与出版社出版部联系调换
电话：0531-86131736

版权所有　盗版必究

序

每座城都是一本书，每本"城书"都有其独特的精神气质。

生于此城，长于此城，你便与城融在一起，成为城的细胞。城的性格脾气就是人的性格脾气。城与人，相依共存。

一座有生命的城，少不了市，故曰"城市"。

城市于人的成长是烙印式的。无论你身在何处，永远不能忘记的是家的味道、城的气息、城的日常。我们怀想它，念叨它，也常会在某个时间点，因见到所居城市的一处景、一个人，甚至一株菜而深情满怀、热泪盈眶。作家池莉在回忆家乡武汉的菜薹时写道："我对菜薹是情有独钟不离不弃到即便它们老了也要养着，花瓶伺候，权当插花……看花时，总不免心生感慨：菜薹噢菜薹，你是我对武汉最深的眷恋。"

每一座历经千百年的城市，都是一条生命涌动的长河，于风云变幻间，留下吉光片羽。

一座古老的城市，值得我们细细品读。从显处读，可以是让游人赏心悦目的湖光山色，也可以是令吃客垂涎欲滴的特色美食。但是，仅读这些还不够，我们还要走进城市深处。风采卓绝的人物要读，深厚的文化底蕴要读，明亮的人文精神要读，这样才能走进一座城市的灵魂。

可是，谁敢说，我们真正读懂了我们所生活的城市？谁又敢说，我们真正触摸到了城市的灵魂？可能，在喧嚣的城市里，孩子还没有静静凝视过家门前那条不知源头的河流，没有留心觉察过城市中不断冒出的楼宇，没有仔细聆听过城市发展的滚滚车轮声。甚至，有这样一种情形——生活在南京的孩子不知道石头城的历史，生活在苏州的孩子没听过评弹，生活在西安的孩子没了解过秦岭的前世今生……

不得不说，这是生命成长中的小缺憾。

中国有个性、有魅力、有文化的城市何其多也！若是有一套中国城市的读本，以名家的文字为城市代言，纵览历史发展脉络，横看现代文明景观，让青少年读者从书中读城市的古今面貌，用脚步触摸城市的现实温度，那该多好啊！我的倡议得到各地名师的积极响应，大家一拍即合，快速行动。我们希望，经由这套书，每位大小读者从自己所居之城开启城市阅读之旅，了解城的古今，梳理城的脉络，以城为荣，以城为傲。

人是城市的核心因子。人和城市的相处方式有很多种，阅读城市理应成为重要的一种。以中小学生喜闻乐见的方式打开城市阅读之门是我们的编写初心。通过阅读名家优秀的文学作品，让孩子建立对城市的文化印象，让城市发展脉络及精神气质化入孩子的生命成长中。

经多次讨论，我们最终把这套书命名为《名家笔下的中国老城市丛书》，初定二十个老城市，分别为北京、上海、杭州、南京、武汉、西安、济南、青岛、成都、重庆、绍兴、厦门、苏州、福州、徐州、广州、洛阳、开封、镇江、淮安。"老城市"就是有悠久历史、灿烂文明、独特意蕴的城市，老城市都是有故事的城市，读者能从书中感受到厚重的城市文化与个性迥异的时代特质。城市不分大小，大城有大城的宏伟，小城有小城的韵味。

为城市编书代言，我们深知其中的艰辛。一本小书难以概括一座城市的全貌和气质。尽管如此，我们还是愿意倾尽全力。我们组建了一支有深厚的文化学识和城市情怀的编写团队，他们多是在全国有影响力的特级教师、正高级教师、一线名师。有的名师为了在书中呈现更立体多元、经典可读的城市风貌，通读了几百本相关图书，仍觉得不够；有的名师对"老城市"的"老"做了精准的解读，对丛书的助读系统提出丰富的设计框架；有的名师带领他的"学霸"团队，利用节假日，走进博物馆、图书馆，做了大量的文献检索……毫不夸张地说，每个城市的编者都经历了艰苦的"前阅读"。

然而，写城市的文章太多了，选几十篇编入书中，简直是沙里淘金，且一定遗珠多多。选择什么样的文字呢？经过几番讨论，数易方案，渐渐地，编写组达成共识。我们发现，读城有迹可循。编写团队做了这样的梳理：

1. 依循城市纵横交错的线索，确定框架。为打捞丢失在历史尘埃中的城市老时光，我们做了一番细细耙梳、反复筛选的工作，再沿着"纵""横"两条线索将占有的资料以主题单元的方式呈现。"纵"即城市的历史沿革、发展脉络；"横"就是城市当下的多面向文化叙事，包含景观、习俗、人物、美食、童谣等。这样编排，既有历史的纵深感，又有现实的亲切感，丰富博大的城市概貌就有可能浓缩在一本小书中。

2. 充分考虑读者对象，精准定位选文方向。本丛书的主要读者是中小学生，兼顾其他年龄段读者，所选文章多是可读性、文学性俱佳的名家作品。很多写城市的书只是给大人看的，客观介绍一座城市，文字也不够浅近，孩子难免会觉得枯燥。从这个意义上来说，这是一套定制版的城市文学读本，这一特色让本丛书有别于其他城市主题的书。

3. 让"行读城市"成为一种新的生活方式。读城市，最终要走到城市中。本丛书有一个重要的编写思想，那就是跟着编者行读城市。二十个城市读本中，有的将研学作为一个单独章节，有的则将其融合在各个章节中。无论采用哪种形式，小读者们都能从书中读到书外。一本书就是一座城的博物馆"入场券"，儿童（或成人）经由这张"入场券"，走进城市文明深处。

以《名家笔下的老武汉》为例，我们来一睹老武汉的城貌——全书分为八个章节，从《日暮乡关何处是》到《踏破铁鞋无觅处》《忙趁东风放纸鸢》，将江湖武汉、火辣辣的武汉、因爽而快的武汉生动地展现给读者。每一章都有"导读""群文探究"，每一篇都有"读与思"。读一本书，仿佛在与城市对话、与编者交谈，读者可带着憧憬之心、探究之趣在城的古今穿梭，在城的南北畅游。

编者刘敏动情地说："二十年前，我在武汉读大学。如今，我拖儿带女留在武汉，安居乐业。多少次，我漫步于夜幕中的长江大桥，和灯火一起微醺；多少次，我在汉口江滩，寻觅百年的沉浮……"

不只是武汉，每一座城都值得用心去读。《名家笔下的老西安》编者王林波老师的感言，说出了所有编者的心声："三年多的时间里，我们走街串巷地亲历感受，我们翻阅文献广泛搜集筛选，我们对话作者深度访谈。一切的努力，只是单纯地想为你——亲爱的读者呈现最适合的老城市。"

我们有理由相信，这是一套真正的精华读本。读者站在名师深读的肩膀上鸟瞰城市，深入城市的叶脉、根系，享受读城的步步惊喜，体验读城的无穷乐趣。

亲爱的读者朋友们，《名家笔下的中国老城市丛书》是一座开放的城堡，我们将不断寻觅，让这个城堡的成员更丰富，文化更多元，视野更开阔。我相信，你们的阅读也必然是开放的——读城市的文学、文化、文明，读城市的传说、市井、烟火，读城市的性格、秉性、气质，读城市的人、事、景……自己读，和爸妈、老师一起读，走进城市博物馆，实景考察，深度研学；不仅读"我的城"，还要读"他的城"，因为这都是"我们的城"。

再次翻阅一本本书稿，我心中感奋不已。我仿佛又一次和编者朋友们一道，穿行一座座古城，漫步一条条大街，走进一处处深宅，聆听古老钟声，触摸历史心跳。

人在城中，城在心里；一眼千秋，千秋一卷；一卷一城，读行无疆。

于杭州·谷里书院

此心安处是吾乡

每个人都有两个故乡，一个在生活中，一个在心里。

我无法向你准确描述成都——我的第二故乡。

成都的风终年温柔。春风仅能拂落龙泉山上的桃花；荷风恰能送来花茶的清香与河塘边麻将的清响；秋风确乎是金色的，扬起银杏叶的扇形身影，风里裹着柚子的清香与炒板栗的甜香；冬天，"凛冽的寒风"这样的词只配给北方，蜡梅、山茶、郁金香、虞美人、海棠……一茬接一茬。那梅花曾经醉倒了宋代大诗人陆游，他写下这样的自然笔记："二十里路香不断，青羊宫到浣花溪。"

成都是长在雪山脚下的城市。雨过天晴时，无数摄影爱好者摆开"长枪短炮"，争相炫耀镜头下"窗含西岭千秋雪"的巍峨壮阔；青城山中云茫茫，神仙不知在何方；群山脚下，世界最古老的水利工程都江堰依然生机勃勃，将滔滔江水化为千条细流，滋润万亩良田。

成都是两千多年保持城址不移、城名不改的城市。推开三星堆的大门，三千多年前的古蜀文明惊艳了现代人；三国文化家喻户晓，喜欢诸葛武侯的成都人深谙攻心之道，有"耙（pā）耳朵"美誉的成都男人或可为一佐证；川剧的高音复杂细腻，变化万千，神奇的变脸热闹非凡；动物"活化石"不是化石，大熊猫"滚滚"能萌化所有人的心……

成都烟火三千年。"食在四川，味在成都"，琳琅满目的小吃、火锅、串串，麻辣鲜香的川菜……多少成都人的乡愁都在舌尖上！英国作家扶霞·邓洛普认为在成都的生活就像"一场甜蜜懒散的美梦"，易中天教授说成都是"上帝最宠爱的城市"，嗯，也许是吧。

但是，这就是成都吗？不，明清以前，成都人也曾饱经战乱之苦。明末清初，成都甚至成了废墟，人烟绝迹，豺狼横行！在清朝的政策鼓励之下，湖北、湖南、江西、广东、福建等十多个地方的移民开始了在成都的恢复与重建。移民浪潮持续了近百年，千年古都在战火废墟之上才又重新展现新颜。

是的，成都是一座移民城市。多元包容的移民文化与成都原有的历史根脉熔铸混合，造就了成都人既温文尔雅、幽默乐观，又坚忍顽强的特点。清朝末期在成都爆发的保路运动，直接点燃了辛亥革命的导火索；抗日战争时期，成都成为抗战大后方，川军在战场上英勇顽强、舍生取义，伤亡惨烈。成都，也是一座英雄的城市。

我也是万千移民中的一员。当我一次次走进成都历史，了解到她跌宕起伏的发展历程，才知道成都于我，不是"她和我"的主客关系，而是两千多万人组成的"我们"。当我深入这个城市的深层肌理时，我找到了根的感觉。四川眉山人苏轼在其词作《定风波》中写下："此心安处是吾乡。"对于这句话，成都人应有更深刻的共鸣。

亲爱的同学，希望你也能找到自己的根，了解你的故乡的全貌，了解她的苦难与荣光，让生活中的故乡成为你心中的故乡。一个有根的人，才有足够的勇气走向远方。所以，我们为你精心编写了这本书。

本书包括九章，分别从成都概貌、河流、教育、诗歌、文艺、风物、山水、美食、民俗等方面，为你铺展开一个你或熟悉或陌生的成都。在第四章《诗歌花园》中，我们特别邀请到成都的同学来解读与成都有关的经典诗词，你也可以试着自己来解读哦。书末的研学活动，帮助你将读书与行路结合起来，发现一个独属于你的成都。

读过、行过，你也许会恍然明白：站在今天回望过去，过去可以帮助我们理解我们是谁和我们今天所在的位置，我们原来可以无数次从过去中得到启发，从而创造更好的未来。

目录 MULU

第一章　九天开出一成都

2　九天开出一成都 / 袁庭栋
4　可爱的成都 / 老　舍
7　诗意成都 / 朱自清
9　美丽的名都 / 易君左
11　成都府 / 易中天
14　◎群文探究

第二章　水润天府

16　都江堰 / 余秋雨
19　索桥的故事 / 巴　金
21　成都，怎一个滋润了得 / 林文询
24　◎群文探究

第三章　书声琅琅

26　文翁兴学 / 高志刚　刘　玲
28　我的幼年时代 / 艾　芜
31　学堂新风 / 王泽华　王　鹤
34　◎群文探究

第四章　诗歌花园

36　蜀都赋（节选） / [西晋] 左　思
38　上皇西巡南京歌十首（其二） / [唐] 李　白
40　成都府 / [唐] 杜　甫
43　成都曲 / [唐] 张　籍
45　锦江观涨 / [清] 沈　廉
47　草堂祭杜甫 / 余光中

50 ◎群文探究

第五章　成都文艺范儿

52 我的老家 / 巴　金

54 听川剧 / 朱晓剑

56 张大千与青城山 / 张心智

58 ◎群文探究

第六章　蓉城风物

60 古蜀人创造的非凡艺术品 / 萧　易

62 重温旧梦说城墙 / 海　粟

65 蜀山新秋芙蓉开 / 阿　来

68 ◎群文探究

第七章　山水之间

70 芙蓉城 / 罗念生

73 成都三湖之桂湖 / 肖复兴

76 青城山纪游 / 袁昌英

79 底片：成都的宽窄巷子 / 叶延滨

82 ◎群文探究

第八章　舌尖上的川味

84 华兴正街的滋味生活 / 流沙河

86 鱼翅与花椒 / [英国]扶霞·邓洛普

89 花会灯会中的小吃 / 车　辐

92 老成都的市声 / 绍　熹

94 成都"盆景" / 肖　平

96 ◎群文探究

第九章　蜀风蜀韵

98 成都的茶馆 / 易中天

100 老成都原来这样过年 / 艾　芦

104 童谣里的老成都

106 ◎群文探究

研学活动：大熊猫"都都"带你游成都

第一章　九天开出一成都

九天开出一成都，万户千门入画图。

　　2500年间，成都城名不改，城址不移，这其中蕴藏着柔韧而巨大的力量。历史的车辙掀起层层尘土，给这座古老的城染上一抹沧桑。从秦朝攻占巴蜀，到唐代修建城池，再至明清重设疆土，成都这座古城走过了"大城接小城—大城套小城—大城接小城"的曲折之路，成就了它独一无二的历史特色。

　　宝墩文化记录着这座城的雄起，青铜文明书写着这座城的底蕴，汉代蜀锦流光溢彩，五代芙蓉美如锦绣。在漫漫历史、诗书礼乐的浸润下，成都终成一座魁伟丰美的城。

扫码立领
★ 名师朗读
★ 美文微课
★ 城市印象
★ 老城记忆

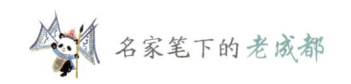

九天开出一成都

◎袁庭栋

地球北纬30°两侧，被很多学者认为是一个谜，一系列世界奇观或难以解释的现象都出现在这里。

成都就位于北纬30°线一侧，全世界同纬度地区基本上是炎热少雨的干旱地区，甚至是沙漠，如北非、中东、伊朗、阿富汗、印度、墨西哥，唯独成都平原是夏无酷暑、冬无严寒、山清水秀、一片翠绿。

70年前，蜀中学者任乃强先生在《乡土史地讲义》中对成都平原的自然条件有这样一段比较："与黄土之黄河平原比则无亢旱之虞，与冲积之江浙平原比则无卑湿之苦，与三熟之广东平原比则无水潦之患，与肥沃之松辽平原比则无霜雪之灾。"

川西林盘　摄影：谭曦

成都平原位于四川盆地的底部,这里位于两大洋之间,东南距太平洋、西南距大西洋的距离都在1200公里左右,又没有高山的阻拦,两个大洋的温湿气流都能到达,当然就形成了一种温暖湿润的亚热带季风性气候。盆地的北边,是高耸的米仓山和大巴山,大巴山以北又是高耸的秦岭,群峰把冬季的北方冷空气阻挡了一大半,即使有部分冷空气越过了山岭,也由于翻山越岭的关系而减少了寒冷的程度。这样,成都平原就成为我国冬季著名的暖中心,冬暖春早,霜期只有两个月左右,冬天要比武汉、南京、上海等地暖和,春天则比整个长江中下游地区早到一个月左右。

九天开出一成都。这是大自然的杰作,大自然为成都人搭建了一个最适合生活的舞台。

(选自《天府的记忆》,有删减)

读与思

生长在蜀中的诗仙李白为家乡写了不少诗歌。"九天开出一成都",是李白的感叹,也是人们的共识。天府之国成都有着得天独厚的地理优势,同时,经过一代代成都人艰苦、智慧的创造性工作,化"蜀道难"为"蜀道通",使成都成为北方丝绸之路、南方丝绸之路和长江经济带及海上丝绸之路的交汇点,成为对内对外开放的枢纽。有一句古话说"少不入川",你知道它是什么意思吗?深入了解成都这个城市之后,你对这句话有什么新的看法?

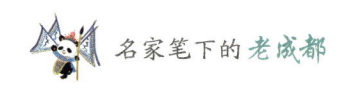

可爱的成都

◎老 舍

成都是个可爱的地方。对于我，它特别的可爱，因为：

（一）我是北平人，而成都有许多与北平相似之处，稍稍使我减去些乡思。抗战胜利后，我想，我总会再来一次，多住些时候，写一部以成都为背景的小说。在我的心中，此地方好像也都像人似的，有个性格。我不喜上海，因为我抓不住它的性格，说不清它到底是怎么一回事。我不能与我所不明白的人交朋友，也不能描写我所不明白的地方。对成都，真的，我知道的事情太少了；但是，我相信会借它的光儿写出一点东西来。我似乎已看到了它的灵魂，因为它与北平相似。

（二）我有许多老友在成都。有朋友的地方就是好地方。这诚然是个人的偏见，可是恐怕谁也免不了这样去想吧。况且成都的本身已经是可爱的呢。八年前，我曾在齐鲁大学教过书。七七抗战后，我由青岛移回济南，仍住齐大。我由济南流亡出来，我的妻小还留在齐大，住了一年多。齐大在济南的校舍现在已被敌人完全占据，我的朋友们的一切书籍器物已被洗劫一空，那么，今天又能在成都会见其患难的老友，是何等的快乐呢！衣物，器具，书籍，丢失了有什么关系！我们还有命，还能恪守岗位地去忍苦抗敌，这就值得共进一杯酒了！抗战前，我在山东大学也教过书。这次，在华西坝，无意中也遇到几位山大的老友，"惊喜欲狂"一点也不是过火的形容。一个人的生命，我以为，是一半儿活在朋友中的。假若这句话没有什么错误，我便不能不"因人及地"地喜爱成都了。啊，这里还有几十位文艺界的友人呢！与我的年纪差不多的，如郭子杰、叶圣陶、陈翔鹤诸先生，握手的时节，不知为何，不由得就彼此先看看头发——都有不少根白的了，比我年纪轻一点的呢，虽然头发不露痕迹，可是也都显着削瘦，霜鬓瘦脸本是应该引起悲愁的事，但是，为了抗战而受苦，为了气节而不肯折腰，瘦弱衰老不是很自然的结果吗？这真是悲喜俱来，另有一番滋味了！

（三）我爱成都，因为它有手有口。先说手，我不爱古玩，第一因为不懂，第二因为没有钱。我不爱洋玩意儿，第一因为它们洋气十足，第二因为没有美金。虽不爱古玩与洋东西，但是我喜爱现代的手造的相当美好的小东西。假若我们今天还能制造一些美好的物件，便是表示了我们民族的爱美性与创造力仍然存在，并不逊于古人。中华民族在雕刻、图画、建筑、制铜、造瓷……上都有特殊的天才。这种天才在造几张纸、制两块墨砚、打一张桌子、漆一两个小盒上都随时地表现出来。美的心灵使他们的手巧。我们不应随便丢失了这颗心。

因此，我爱现代的手造的美好的东西。北平有许多这样的好东西，如地毯、珐琅、玩具……但是北平还没有成都这样多。成都还存着我们民族的巧手。我绝对不是反对机械，而只是说，我们在大的工业上必须采取西洋方法，在小工业上则须保存我们的巧手。谁知道这二者有无调谐的可能呢？不过，我想，人类文化的明日，恐怕不是家家造大炮、户户有坦克车，而是要以真理代替武力，以善美代替横暴。既然如此，我们便应想一想是否该把我们的心灵也机械化了吧？

次说口:成都人多数健谈。文化高的地方都如此,因为"有"话可讲。但是,这且不在话下。

这次,我听到了川剧、扬琴与竹琴。川剧的复杂与细腻,在重庆时我已领略了一点。到成都,我才听到真正好的川剧。很佩服贾佩之、萧楷成、周企何诸先生的口。我的耳朵不十分笨,连昆曲——听过几次之后——都能哼出一句半句来。可是,已经听过许多次川剧,我依然一句也哼不出。它太复杂,在牌子上,在音域上,恐怕它比任何中国的歌剧都复杂得多。我希望能用心地去学几句。假若我能哼上几句川剧来,我想,大概就可以不怕学不会任何别的歌唱了。竹琴本很简单,但在贾树三的口中,它变成极难唱的东西。他不轻易放过一个字去,他用气控制着情,他用"抑"逼出"放",他由细嗓转到粗嗓而没有痕迹。我很希望成都的口,也和它的手一样,能保存下来。我们不应拒绝新的音乐,可也不应把旧的扫灭。恐怕新旧相通,才能产生新的而又是民族的东西来吧。

(选自《老成都》,有删减)

读与思

读了本文,最令人感动的,恐怕是老舍先生从谦卑中生长出的温暖和担待。谁又能不被老舍先生以天下为己任的爱国情怀所感动呢?那时,许多文人是志同道合的好友,是并肩作战的战友,他们无论何时何地都与祖国的命运同频共振。找一找文中哪些语句体现了这样的家国情怀。

诗意成都

◎朱自清

据说成都是中国第四大城。城太大了，要指出它的特色倒不易，说是有些像北平，不错，有些个。既像北平，似乎就不成其为特色了？然而不然，妙处在像而不像。我记得一首小诗，多少能够抓住这一点儿，也就多少能够抓住这座大城。

这是易君左先生的诗，题目好像就是"成都"两个字。诗道：

细雨成都路，微尘护落花。
据门撑古木，绕屋噪栖鸦。
入暮旋收市，凌晨即品茶。
承平风味足，楚客独兴嗟。

住过成都的人该能够领略这首诗的妙处。它抓住了成都的闲味。北平也闲得可以的，但成都的闲是成都的闲，像而不像，非细辨不知。

"绕屋噪栖鸦"，自然是那些"据门撑"着的"古木"上栖鸦在噪着。这正是"入暮"的声音和颜色。但是吵着的东南城有时也许听不见，西北城人少些，尤其住宅区的少城，白昼也静悄悄的，该听得清楚那悲凉的叫唤吧。

成都春天常有毛毛雨，而成都花多，爱花的人家也多，毛毛雨的春天倒正是养花天气。那时节真所谓"天街小雨润如酥"，路相当好，有点泥滑滑，却不至于"行不得也哥哥"。缓缓地走着，呼吸着新鲜而润泽的空气，叫人闲到心里、骨头里。若是在庭园

名家笔下的老成都

中踱着，时而看见一些落花，静静地飘在微尘里，贴在软地上，那更闲得没有影儿。

成都旧宅于门前常栽得有一株泡桐树或黄桷树，粗而且大，往往叫人只见树，不见屋，更不见门洞儿。说是"撑"，一点儿不冤枉，这些树戆（gàng）粗偃（yǎn）蹇（jiǎn），老气横秋，北平是见不着的。可是这些树都上了年纪，也只闲闲地"据"着"撑"着而已。

（选自《老成都》，有删减）

绘画：王桃花

注释

戆粗偃蹇：形容树干有的直、有的粗、有的倒、有的歪的样子。

读与思

这篇诗意淋漓的散文，由一首诗展开联想。由于有在成都生活的真实体验，朱自清先生的解读赋予诗歌更丰富的画面感和美感。看这句：路相当好，有点泥滑滑，却不至于"行不得也哥哥"。"行不得也哥哥"是人们模拟鹧鸪的啼声用以表示行路的艰难，多么幽默生动！

第一章 九天开出一成都

美丽的名都

◎易君左

在重庆,没有发现四川的伟大。很想到一个伟大的地方去发现四川。许多朋友是从成都来的,说成都太好了,完全是小"北平"。"北平"是够人怀恋的;在中国西部有一个"北平",而且这个"北平"现已成为抗战建国一个重要的支点,安能不前去观光?

初见成都,确实充满了"北平"的情调、风味。下了长途汽车雇了一辆人力车,从牛市口进城去。那一带矮小朴实的房子、灰扑扑的屋瓦、马路两旁的树木、伸头出墙探望的几点红梅、黑漆的门配着一对绿瓷狮子、长行列的骆驼队、光头红袍的喇嘛、一袭黄袍的道士们、小型招牌的正楷字……都绝似"北平"。冷静了的住在"北平"十五年的旧梦,又把我重新挑起来了:

那整齐而庄丽的成都城,不完全是一个"北平"的典型吗?看了成都城,自然就联想到"北平",并联想到西安。西安的城是值得称赞的。成都的城与西安的城有历史上的关系。《搜神记》载,秦惠文王遣张仪使蜀,灭蜀置蜀郡,张仪筑城不成,忽有大龟浮于江,至东子城东南隅而毙,张仪按照大龟行进的路线筑城始成,秦始皇名其城曰成都。城周回十二里,高七丈,造作下仓,上皆有屋,而置楼观榭栏,一切制度与咸阳同。后来公孙述据成都称帝号,蜀汉刘备称帝于此,凡四十三年而灭,晋李雄也据成都称帝,隋末萧铣(xiǎn)也据成都称梁王,唐末王建据西川称蜀帝,传于后主为后唐庄宗所灭,孟知祥又继前蜀称帝,及子孟昶为宋太祖所亡,析蜀为剑南四川节度使。明太祖封子为蜀王,今城内王城俗呼皇城,即其故址。这一块地方,这一座城池,是拥有多年丰富而光华的历史,他的历史比"北平"老多了,呼为"小北平"太委屈了!

我从城外入城内,穿过了不少的街巷,使我内心惊叹:这一个美丽的名都,不独像"北平",而且像"江南"。也许这是一个新发现,是潜伏在许多人意识里而被我揭露出来的。像"北平",像西安,是成都的"刚美";像"江南",像苏杭,是成都的"柔美"。合此两种美,才见成都之伟大!

我经过一座两座桥,那大桥跨着清淀的河,小桥配着淡淡的溪。那小桥使我回想到安徽的祁门——皖南的秀丽山色,那小桥使我回想到苏州的寒山寺——带着钟声的幽径。在河边,在溪头,在人家院落里,在古巷斜阳里,点缀着一株两株的垂柳。江南的春色是够早的,而成都的一个初春,已翠遍了万柳枝头。红的梅花,东一处,西一处;带着微寒的旷野,花树下,竹林间,闲适地坐了许多茶客,娓娓清谈。江南,可爱的江南!现在已玷污了血腥,把所有的秀声春情,一齐流浪到成都来了!

(选自《锦城七日记》,有删减,题目为编者所加)

读与思

在众多写成都的文章中,易君左先生这篇有其独特的视角:合"刚美"与"柔美",才见成都的伟大。易君左先生为何这样认为?请联系思考:今天的成都是否仍然合"刚美"与"柔美"为一体?

成都府

◎易中天

成都是府。

成都是天府。

天府的人好安逸。

府，原本是储藏文书或财物的地方，也指管理文书或财物的官员。周代官制，设有"天府"一职，"掌祖庙之守藏，与其禁令"，看来是给周天子守库看家的。所以后来，天府也泛指皇家的仓库。天子富有四海，富甲天下，皇家的仓库通国库，自然是要什么东西就有什么东西，要什么宝贝就有什么宝贝。由此可知，一个地方，如果被冠以"天府之国"的称号，当然也就是天底下最好的所在了。《战国策》云："田肥美，民殷富，战车万乘，奋击百万，沃野千里，蓄积饶多，地势形便，此所谓天府。"《汉书·张良传》也有"金城千里，天府之国"的说法。不过，两书所说的"天府"，都不是指成都，也不是指四川，而是指关中地区。后来，成都平原的优势明显超过关中平原，"天府之国"的头衔，便几乎成了成都和成都平原的专利。

说起来，成都号称"天府"，是当之无愧的。这里冬无严寒，夏无酷暑，年平均气温约17摄氏度，平均降水量约980毫米，气候之好，是没说的了；一马平川，良田万顷，草木常青，渠水长流，地势之好，也是没说的了。至于物产之丰富，生活之便利，在咱们中国，更是首屈一指。民谚有云："吃在广州，穿在苏州，

望江楼　摄影：王美霁

玩在杭州，死在柳州。"无非说的是广州菜肴好，苏州丝绸好，杭州风景好，而柳州棺木好。但要说都好，还是成都。广州、苏州、杭州、柳州的好处，成都都有，却无其不足。成都地方比苏州大，气候比杭州好，好玩的地方比广州多，好吃的东西比柳州多，何况凤产蜀锦、号称"锦城"，还怕没有好衣服穿？吃好了，穿好了，玩好了，便是死在成都，也是"快活死""安乐死"，是"死得其所"吧？

更何况，成都的文化积累又是何等厚实啊！两汉的司马相如、扬雄不消说了，唐宋的李白、三苏也不消说了，王维、杜甫、高适、岑参、孟浩然、白居易、元稹、贾岛、李商隐、黄庭坚、陆游、范成大，哪一个和成都没有瓜葛，哪一个没在成都留下脍炙人口的诗章？武侯祠、薛涛井、百花潭、青羊宫、文殊院、昭觉寺、望江楼、王建墓、杜甫草堂，哪一个不是历史的见证，哪一个没有"一肚子的故事"？有如此之多文化积累的城市，天下又有多少？也就是北京、西安、南京几个吧？

这就是成都。诚如王培荀《听雨楼随笔》所言："衣冠文物，侪于邹鲁；鱼盐粳稻，比于江南。"成都，确实是我们祖国积累文化和物产的"天府"。

（选自《读城记》）

读与思

易中天先生是成都的老朋友，曾经多次来到成都，对成都的建设与发展发表过不少见解。他曾经说过："成都是上帝最宠爱的城市。"这里的"上帝"一是指上天，二是指来成都旅游、投资、消费的外来人。但是他在《读城记》一书中，也说到成都似乎少了点苦难，缺了点磨洗。成都人愿意把他的话当作一种善意的提醒：不要因为过于悠闲舒适而缺少了积极进取的态度。其实，成都人血液中从来都不缺少热血坚韧，这在抗战时期川军身上体现得淋漓尽致。或者，你到今天的成都去深入了解一下，也会感知到成都人的拼搏创新与悠闲自在实在就像一枚硬币的两面一样啊！

群文探究

1. 成都这座古城的布局经历了"大城接小城—大城套小城—大城接小城"的曲折过程,这在我国的所有城市中是独一无二的。这样的城市格局分别出现在秦代、隋唐以及清代。请你找一找今天的成都地图,简单画一画如今的成都城市格局图。

2. 同样是写成都,不同作家的观察角度、语言风格各不相同。在这一组文章中,你最喜欢哪位作家的文章呢?试结合具体的内容,谈谈你喜欢的原因。

我最喜欢的文章是:_____

原因是:_____

_____

第二章　水润天府

玉垒森森拥山月，岷江滚滚入苍溟。

都江堰是我国古代水利史上规模最大、效益最好、至今仍造福四川人民的伟大工程，它促进了成都的经济繁荣与文化昌明。由此，水润天府，水孕成都，天府之国名扬世间。

水为成都提供了优美的自然环境和文化氛围，让成都成为文化名城。从司马相如、扬雄到陈子昂、李白、苏轼以及李劼人、巴金、艾芜等文化名人，均与成都有着深厚的渊源。生活在这里的成都人性格也如水一般：包容、闲适、和谐、自信……

水滋润着成都，成都因水而兴，因水而荣。

扫码立领
★ 名师朗读
★ 美文微课
★ 城市印象
★ 老城记忆

都江堰

◎余秋雨

一

我以为，中国历史上最激动人心的工程不是长城，而是都江堰。

长城当然也非常伟大，不管孟姜女们如何痛哭流涕，站远了看，这个苦难的民族竟用人力在野山荒漠间修了一条万里屏障，为我们生存的星球留下了一种人类意志力的骄傲。长城到了八达岭一带已经没有什么味道，而在甘肃、陕西、山西、内蒙古一带，劲厉的寒风在时断时续的颓壁残垣间呼啸，淡淡的夕照、荒凉的旷野融成一气，让人全身心地投入对历史、对岁月、对民族的巨大惊悸（jì），感觉就深厚得多了。

但是，就在秦始皇下令修长城的数十年前，四川平原上已经完成了一个了不起的工程。它的规模从表面上看远不如长城宏大，却注定要稳稳当当地造福千年。如果说，长城占据了辽阔的空间，那么，它却实实在在地占据了邈远的时间。长城的社会功用早已废弛，而它至今还在为无数群众输送汩汩（gǔ）清流。

有了它，旱涝无常的四川平原成了天府之国，每当我们民族有了重大灾难，天府之国总是沉着地提供庇护和濡养。因此，可以毫不夸张地说，它永久性地灌溉了中华民族。有了它，才有诸葛亮、刘备的雄才大略，才有李白、杜甫、陆游的川行华章。说得近一点，有了它，抗日战争中的中国才有一个比较安定的后方。

它，就是都江堰。

二

我去都江堰之前，以为它只是一个水利工程罢了，不会有太大的游观价值。连葛洲坝都看过了，它还能怎么样？只是要去青城山玩，得路过灌县县城，它就在近旁，就顺便看一眼吧。因此，在灌县下车，心绪懒懒的，脚步散散的，在街上胡逛，一心只想看青城山。

七转八弯，从简朴的街市走进了一个草木茂盛的所在。脸面渐觉滋润，眼前愈显清朗，也没有谁指路，只向更滋润、更清朗的去处走。忽然，天地间开始有些异常，一种隐隐然的骚动，一种还不太响却一定是非常响的声音，充斥周际。如地震前兆，如海啸将临，如山崩即至，浑身有一种莫名的紧张，又紧张得急于趋附。不知是自己走去的还是被它吸去的，终于陡然一惊，我已站在伏龙观前。眼前，急流浩荡，

都江堰宝瓶口风光　摄影：袁博

大地震颤。即便是站在海边礁石上，也没有像这里强烈地领受到水的魅力。海水是雍容大度的聚会，聚会得太多太深，茫茫一片，让人忘记它是切切实实的水、可掬可捧的水。这里的水却不同，要说多也不算太多，但股股叠叠都精神焕发，合在一起比赛着飞奔的力量，踊跃着喧嚣的生命。这种比赛又极有规矩，奔着奔着，遇到江心的分水堤，唰地一下裁割为二，直窜出去，两股水分别撞到了一道坚坝，立即乖乖地转身改向，再在另一道坚坝上撞一下，于是又根据筑坝者的指令来一番调整……也许水流对自己的驯顺有点恼怒了，突然撒起野来，猛地翻卷咆哮，但越是这样越是显现出一种更壮丽的驯顺。已经咆哮到让人心魄俱夺，也没有一滴水溅错了方位。阴气森森间，延续着一场千年的收服战。水在这里吃够了苦头也出足了风头，就像一大拨翻越各种障碍的马拉松健儿，把最强悍的生命付之于规整，付之于企盼，付之于众目睽睽。看云看雾看日出各有胜地，要看水，万不可忘了都江堰。

（选自《文化苦旅》，有删减）

读与思

作者在描写都江堰水流时，先写声音，再写感受，最后写水流翻卷咆哮的壮观，让读者如身临其境。文中比喻、拟人、对比等修辞手法运用贴切、生动，找到这些句子读一读，体会作者表达的妙处。

索桥的故事

◎ 巴 金

　　四川灌县二王庙山脚有一座索桥，叫作"安澜桥"。桥身有一里光景长，是用粗的竹索挽成的，竹索上面铺着一块一块的木板，木板铺得不整齐，中间还露缝。木板不宽，也不长，三个人并排走在上面，就不大方便。有的板上有洞，有的木板断折。人走在桥上，看得见木板下面岷江的绿水，也看得见桥下的砂石。冬天水少，桥显得更高，要是人在桥上走，眼睛只顾穿过缝隙望下面，就会看得头晕眼花。幸好桥两旁有竹索编的栏杆，即使人失了脚，也不会落到水里去。索桥并没有桥墩，高高的竹架代替了它们。架子比栏杆高，还有一个顶盖，在竖立架子的地方，桥身就像小山坡似的高起来，过了顶盖下面，桥身又往下斜，然后再向第二个顶盖升上去。

　　凡是到都江堰参观的人都要来看看索桥。我走下了索桥，同来的友人刚看过山脚的一块石碑。他告诉我，这索桥又叫作"何公何母桥"，是清朝初年一个姓何的

都江堰索桥　摄影：黄茜

名家笔下的老成都

教书先生设计修建的。那个时候人们没法在这么宽的两岸上修一座桥。何先生想出了造索桥的办法。桥造成了，人们来来往往，感到便利。可是桥上没有栏杆，在摇摆的木板上走起来，并不是十分安全的事，不多久就有人失脚从桥上摔下去，死了。不满意何先生的官府把责任完全推到何先生的身上，将他逮捕处死。何先生的妻子决心要替丈夫雪冤，要实现丈夫的真正愿望。她想来想去，终于想出了办法，用竹索在桥两旁编上了栏杆，从此，危险的桥变成了安全的桥，使得三百年后的小孩也能够在桥上跑来跑去，发出一阵阵的笑声。

我不能说这个故事是千真万确的，然而碑上的文字让我们看见了那一对夫妇的心。那样的心，那种想帮助多数人、想跟多数人的心贴近、为了多数人甚至牺牲自己的伟大的心是不会死的，不管经过百年千载，它都会发光。"何公何母"的心给每一个走过索桥的人添一些温暖，甚至在三百年以后的寒冷的冬天，我站在桥头还会摘下帽子当团扇来扇。

索桥的故事自然不止这么一点，都江堰也还有许多动人的故事。然而故事是讲不完的，谁要是到都江堰走一趟，谁要是在索桥上站片刻，他一定会得到比故事更美、更好的东西。

（选自《索桥的故事》）

读与思

都江堰索桥令人神往，桥的故事生动感人。梳理索桥的特点，学习巴金先生通过写桥来写人的写作手法。建议你上索桥去走一走，看水，听声，回味故事，感受那温暖的心。

成都，怎一个滋润了得

◎林文询

说成都，道成都，成都确是温柔富贵的天府之都。近两三年来，我们成都已被炒回锅肉一般翻来覆去炒得香喷喷、腻滋滋了。这倒也不足为奇，普天下都是"月是故乡明""谁不说俺家乡好"嘛。何况，成都人又是外表散淡内心里却极其自尊自负、热爱自己家园的。这几年城市发展了，生活优裕了，有了露脸的机会，当然要刻意打扮形象唱唱赞歌了。只是，自己唱多了，难免腻味；人家冷不丁冒两句，还更加有说服力。最时兴的一句，当然是张艺谋为成都拍的形象片里说的那一句："成都，一座来了就不想离开的城市。"

都说"一方水土养一方人"，实际上更应该说"一方水土育一方人"，每个地方的人的性格，都与那地方的水土密切相关。陕北人不是爱唱信天游么？那是黄土高坡的天然杰作。你要叫他在我们的春熙路来尖嗓子吼一腔，那恐怕就会惊得"鸡飞狗跳"，以为拉响了警报。而且，谅他面对着繁华都市，柔曼锦水，熙攘人流，也根本扯不开嗓子。我们这里，市井里巷，小桥流水，天生就只适合"咿呀呀"的清音、"扯网网"的散打。

这方滋润天地也就决定了成都人的生活和性格特色：滋润。

首先是生活滋润，口舌滋润。"民以食为天"，成都人在这方面是太有福了，吃食多，花样多，而且特别方便实惠。仅举一个例子吧，外地朋友来了，带他到近郊"农家乐"玩一天，管吃

成都交子公园美丽夜色　摄影：刘国兴

管喝还管麻将，吃的还并不赖，鸡肉鲜蔬加小吃，尽兴一天下来，单人才十几二十元。这叫那位外地客惊讶之余半天也想不过来："天呀，你们这儿怎么这么便宜！那老板怎么还能有赚哩？"这事你别看小了，正是这又美味又便宜的吃食，滋养着成都大众百姓的肠胃，也滋润着他们的脑花哩——所以成都人的脑子才那么滋润灵动，嘴巴才那么滋润灵巧，说起话来才那么滋润悦耳、风趣幽默、口舌生花。

空气也滋润着哩，要不，成都妹子咋会个个都水灵灵、粉嘟嘟呢？要不，哪怕是她们生气瞋（chēn）目，噘嘴骂人，外地人听起来也觉得像黄莺儿唱歌一般可爱动听呢？

没法，这地儿太滋润了，生活滋润，空气滋润，连人的性格都滋滋润润的：散淡闲适、温文尔雅，好交流，善包容，喜玩耍，尚文化，虽不粗犷而甚开朗，略欠威猛，然外柔内刚。你要是在茶馆里坐了，保不准耳里是若干频道同时开播：这边是丰富龙门阵，精彩纷呈，引人入胜；那厢里却褒贬时弊，放言无忌，鞭辟入里。生活着，自适着，自在着，也自得其乐着，成都人就是这个样！

滋润的天，滋润的地，滋润的城，滋润的人。难怪再怎么样的外地客来了，也会很快被滋润了。唐代那个一脸苦相的杜陵叟，不是一寓浣花草堂沉郁的诗风就大变了吗？"好雨知时节""两个黄鹂鸣翠柳""黄四娘家花满蹊"……这些千古名句不都是在我们这块滋润之地自然生发出来的吗？金戈铁马的陆放翁不是也一来锦城就"曾为梅花醉似泥"吗？……当然，也有一来就领教了成都人的另一面性格的，那清廷保皇派端方，不是才到成都的边沿就被起事于成都的"同志军"给杀了吗？现今仍然屹立于成都市中心公园的"辛亥秋保路死事纪念碑"，那直指云天的峭峻刚直，正是滋润的成都人的脊梁。

天府之都，温润之都。天滋润，地滋润，人也活得滋滋润润。老百姓过日子，就讲求一个滋润。难怪满脸沧桑的张艺谋语出惊人："成都，一座来了就不想离开的城市。"

（选自《成都人》，有删减）

读与思

文章紧扣成都人的生活和性格特色——滋润，从生活、空气、成都人的性格三方面呈现成都的滋润。如果你到成都，可以特别留意这些体现滋润的细节。请观察你所在的城市，思考一下当地人的生活和性格有什么特色。

群文探究

1. 举世闻名的都江堰已经有两千多年的历史，被称为水利工程史的奇迹。因为它创造了若干项世界第一，保持了世界若干项第一：

  它是今天可以见到的全世界修建时间最早的水利工程；

  它是全世界使用时间最长的水利工程；

  它是全世界唯一一个灌溉面积一直不断扩大的水利工程；

  它是全世界第一个使用无坝引水并完全成功的水利工程；

  它是全世界第一个成功使用自动排沙技术的水利工程。

请你阅读相关文章或看相关纪录片，把你了解到的都江堰相关知识写在下面的知识卡片上：

2. 各个地方的桥梁结构与造型风格各有特色，请看一看你周围的桥，思考一下：你周围的桥有什么特点？与文中读到的桥相比，有何异同？

3. 推荐阅读《成都河流故事》，深度了解更多成都河流的故事，也可以参加相关的河流生态实践活动，做生态保护者。

第三章　书声琅琅

衣食苟给足，礼义自此生。

愿言兴学校，庶几教化成。

　　自古以来，成都文风鼎盛。从文翁兴学开始，成都的教育一直薪火相传。汉代蜀地出现了"赋圣"司马相如、辞赋家王褒、思想家严君平、"汉代孔子"扬雄四大家。汉以后更是人才辈出，数不胜数。这都离不开学校教书育人的作用。

　　千年学府，名贯古今；烽火年代，依旧书声琅琅。让我们打开本章，领略特殊年代的悠悠读书声，感受代代更迭的学园新风尚。

扫码立领
★ 名师朗读
★ 美文微课
★ 城市印象
★ 老城记忆

文翁兴学

◎高志刚 刘 玲

至今巴蜀好文雅，文翁之化也。

——东汉·班固《汉书》

在成都的文庙前街有一所远近闻名的学校：成都市石室中学（就是当今人们眼里学霸云集的"四中"）。石室中学享有盛誉，市民都希望把自己的子女送来这里。实际上这种情况早在两千多年以前就已经存在了。

李冰治水以后，蜀地的经济得到迅速发展，到汉代已经达到相当高度。这种情况下，文翁兴学的故事发生了。

汉景帝末年，庐江郡（今安徽舒城县）人文翁被任命为蜀郡守。文翁是历史上有名的书虫，据说他来成都的时候带了几大捆书，由于包装得太好，竟被百姓误以为金条，后来大家才知道是书，在当时传为美谈。文翁上任以后，发现当时的成都尽管经济发达，但是文化却相对落后。他决心改变这种状况。

文翁先召集郡县的官员开了个会，让他们推举辖区内有才干的青年。然后，他把这些青年聚到一起，当众出题考察，从中选出十几个反应快、有才干的。经过简单的培训，文翁把这些人送到长安，请那儿的博士（古代一种传授经学的官员）代为培养。这大概是蜀地最早的留学生了吧。长安是当时西汉政府的都城所在地，文明繁华自然不一般。青年们到了长安以后深受熏陶，他们积极求教博士，努力学习文化知识，很快成长起来。

几年以后，青年们学成回来，文翁热情欢迎他们并且予以重用。他的教育计划初见成效。

然而留学长安并非长久之计。一是长安离成都太远，遣派学生多有不便；再说派人留学也是一件耗费财力的事情，时间长了，小小的郡守府势必难以维持。可是蜀郡的子民需要学习呀！怎么办呢？寻思良久，文翁决定在蜀郡开办一所自己的学校。就这样，巴蜀大地上出现了第一所由地方政府出资兴建的学校。由于学校的校舍主要由石头建造，因此被后人称为"石室"（现在的石室中学就是因此得名的）。

"石室"的老师主要由从长安学成归来的人担任，水平很高。为了让学生安心学习，文翁免除了他们应服的徭役。文翁除了要求学生认真攻读法律政令和儒家经书，还十分重视提高他们的实际办事能力，学生要分头到衙门见习。文翁每次到各县巡视，都要带上几个学生做助手。学生毕业后，成绩优秀的分派到郡县做官，差一点的也有适当的安排。家长们见孩子读书有地位有出路都引以为荣。几年以后，蜀地风气大变，人们都争相把自己的孩子送去学堂。文翁的教育计划成果显著。

文翁石室开启了中国地方官办学校的先河，影响深远。

（选自《我的成都》，有删减）

读与思

巴蜀鬼才魏明伦先生为石室中学创作了《石室赋》，赋中写道："李冰治水，文翁化蜀，都江伟业，石室丰功。"结合实际想一想：文翁兴学为什么能与李冰治水相提并论？

名家笔下的老成都

我的幼年时代

◎艾 芜

父亲在小学校教书，离家只有两三里路，我因家里不好玩，便常常跟着父亲到学校里去看人家读书。父亲也叫我规规矩矩坐在一个位子上，不许随便走。学校是在乡下的庙子里，供着泥菩萨的大殿就作为全校学生的教室。学生大的居多，有的甚至已经结了婚。他们有的读国文教本，有的读"四书""五经"。一个叫邬远鸣的大学生，是常常考头一名的，座位就在挨讲台的头一张桌位上。听说他这时候在读《左传》，一些小的学生，便私下羡慕地说："他真了不起，书都快要读完了！"但也有人反驳，说："哪里读完了，读了《左传》，还要读'右传'；读了'右传'还要读'团团转'哩。"

我那时就起了一个想头：我将来一定要读《团团转》那本书的。但这志愿一为父亲知道时，却惹得他大笑起来。

学校没有休息时间，只是功课有变换而已。读了一点钟书，便写一点钟字，或是听一点钟讲。操场不许随便去，只在下午规定的游戏时间内，才由老师带着一道去玩。学生得以走动，松爽一下子的，就只有拿根三指宽两尺长的签板，到离教室相当远的厕所去走几次。我虽不读书，也受了这个"须拿签板才能走出教室"的规定的约束。这使我很苦恼，然而也没法子，要逃回家去，家又离学堂约有两三里路光景，只消在学校门口一望，那一片全是迷迷茫茫的田野和树林，使人不敢走动一步。好在父亲常把教科书成几本地放在我面前，让我随便翻看里面的插画。最使我不易忘记的，是画的几株垂柳下面，三两个儿童在张开手，追捉柳絮玩耍。这使我疑心画这图画的人，一定是把邻家的孩子画了上去的，因为他们在春二三月的时候，就最爱在河边上做这样捉柳花的游戏。

许多插画，我都看得熟得不能再熟了，才开始念起插画旁边的字来。我脑子里先装着线条一起一伏的山坡；又晓得挨着山坡的圆圈圈，周围辐射着直线的，就是太阳；再看见山坡路上的牛羊，头全向着下边，就知道它们是在下来。于是念着"夕阳在山，牛羊下来"，又有老师加以解释，我便很容易地记着了，而且渐渐感到读书的趣味。

我至今还记得那些和插图配合的好句子。

"双双燕，入窠中。"

"暮春三月，江南草长，杂花生树，群莺乱飞。"

"江南好采莲，莲叶何田田。"

甚至一些长一点的句子，既有插图，又有韵脚，亦能使我至今很亲切地记得。

"湖水清，好放船。我与姊，同观莲。观莲不可摘，留与众人看。""君乘车，我戴笠，他日相逢下车揖。君担簦（dēng），我跨马，他日相逢为君下。"

至于用散文说明麦子、稻子的生长形态以及功用那类长而且多的文句，到现在我则一句都记不起来了。

听讲的时候，也有使我窘迫的地方。父亲讲"左五指，右五指"，问我哪只是左手，哪只是右手。当着那么多学生的面，我简直全盘答错了。因他教我们说这个是左手，便指下他的左手。但他是

名家笔下的老成都

对着我们站的，他指的左手，恰好是对着我的右手。直到他告诉我，拿筷子是右手，端碗的是左手，我这才完全弄明白了。然而，至今我还觉得，我小时候是多么笨拙啊！

下午游戏的时间，操场里又全是那些大学生的天下，秋千架、杠架，都给他们占去了。我只有站在旁边看，或者约几个幼小的同学，在操场边上做着青蛙式的跳跃罢了。最好玩的，是站在由教室通到操场的那一截路上，因为地势高，可以让视线越过围墙，看到田野。我们小的人，在田野中的小路上走，只觉得菜花高过头，麦苗拂着脸，踮起脚尖也望不到好远，虽觉好玩，但也有些闷气。而在学校的高处看来，却一切都改观了：一朵一朵的菜花，变成一大片璀璨的黄云；一株一株的麦苗，变成一大片青色的地毯。头上澄蓝无云的天空，也显得格外广大辽远了。远远散在原野中的竹树院落，也像教科书上的图画似的，极其好看地摆在眼前，使我在课堂里面受到拘束的心，感到无比的轻松和爽快，简直想像庙后树林里那些鸟雀一样，扇着翅膀，直朝广大的天空飞去。

（选自《艾芜全集》第十一卷，有删减）

读与思

艾芜幼年时代的学堂跟今天的学校规矩大不一样：那时读书没有今天这么多学科，上课时间也不像今天精确划分到每分每秒。但是，你是不是仍然从中看到自己儿时的影子了呢？大孩子说的事情自己完全搞不清楚、惊艳于课本上精彩的插图……轻松有趣的文字里藏着作者对童年深深的留恋。你的幼年时代有些什么乐事呢？分享给朋友听听吧。

学堂新风

◎王泽华 王 鹤

世纪之初的1901年,正是中国的光绪二十七年。世纪的帷幕才刚刚拉开了一条缝,中国人已经感到,有一种新的生活来到了。

这年八月,清廷正式发布改革科举制度、废止八股取士的上谕。九月,谕令将全国所有书院改为学堂,分别建立大、中、小学堂和蒙养学堂。为考取功名而苦苦研读古文诗书的士子们放下了手中的"之乎者也"。他们要走进新学堂,去学那些对国家有用的实业。

光绪的上谕引起了一场影响深远的教育革命。四川总督岑春煊奏准设立四川学务处,督办全川学堂事宜。为了表明他对上谕的重视,他还挑选了成都,也是全国最古老的、办学渊源可追溯至两千多年前汉景帝末年的石室中学(那时叫成都府师范学堂),亲自兼任学堂总理(校长)。新学堂该怎么办,谁的心里也没有数,岑春煊和后面的川督锡良饬令各州厅府县选拔优秀士子东渡日本学习师范,派员赴日、美考察洋学堂,聘请外籍教习(教师)入川讲学。兴学情况作为考察地方官吏政绩的主要内容,赏罚分明。

成都出现了办学、留学热潮。新式学堂如雨后春笋般建立起来了,学堂的名称是那么让人感到新鲜:工业学堂、农业学堂、外国语专门学校、铁道学堂、法政学堂、蚕桑传习所、武备学堂……

读书人的读书生涯走到这时,来了一个巨大的转折。

成都的周家，在19世纪末刚刚为子女们的教育问题举行过一次家族会议，做出了决定：

"我们当中已经有人站起来说，要国家富强，唯一的办法就是改革教育，向我们的敌人学习新科学，学习工艺和作战。可是我族长辈都认识到这种学习是沦丧道德的不义之举。学习洋人败坏了我们的品德，其恶劣的影响对男人、女人都一样。有的女人已受了影响变成了男性，真令人不寒而栗。因此，我们当告诫子孙千万不要落入新学的圈套，切不可为了学习他们邪恶的东西而忘了本。"

可是到了1902年，周家的家族长老们又一次为子女的教育举行了家族会议，做出了完全相反的决定：

"鉴于我们的老大已大学毕业，获得学士学位，性又好学，此后可责其继续到东洋深造，业成之后回国在政府部门谋一文官职位。至于老二性喜研究探索，我们应寻找机会让他学新学，学科技，例如学开矿、铁路等专业，因为我省目前正待开发资源，可使他远渡西洋求学。老三可让他上军事学校，以便受训后保卫我们的家乡……"

这项决定影响了周家这几个儿子一生的命运。其中的老二走得最远，接受了比利时庚子赔款转成的奖学金，到比利时学铁路去了。他在九眼桥坐上了一艘木制的大客船，和亲人洒泪揖别。从此以后，他要远渡重洋，自己掌握自己的命运。在国外，他剪去长辫，脱下长衫马褂，穿上西装，融入了另一种生活。十年后他回国了，成了铁路工程师，将自己的一生都交给了铁路。

他就是作家韩素音的父亲周映彤。

光绪三十四年（1908），叶大丰带着儿子叶伯和、叶仲甫东渡日本求学。这是一个"耕读之家"。叶大丰十二岁应童子试，便考中秀才榜首，轰动一时。可现在却从头开始，父子三人在同一起点上学习"新学"。三年后，在指挥街叶氏寓所大门上有了一副门联：

宋少师后

明宰相家

门联两旁各悬一牌，一个是木制的"律师叶大丰"，另一个是铜铸椭圆形，上镌"音乐家叶伯和"。在民国初年的成都，这还是破天荒的：秀才成了律师，本该成为秀才的儿子当了音乐家。

光绪宣布新政时，全国掀起了出国留学热潮，地处内陆盆地的成都不仅不是落后的，还恰恰是这一热潮的推动者。成都有东文学堂、游学预备学堂，专为留学人员服务。去日本的留学生较多，还有一些留学美国、比利时、英国的学生。"五·四"后，留法勤工俭学又成一种时尚，吴玉章在成都开办留法勤工俭学预备学校。成都在1918年至1919年有上百位优秀子弟赴法。

（选自《民国时期的老成都》，有删减）

读与思

在许多人的认识中，清朝末年是"闭关锁国、腐败落后"的代名词；在许多人的认识中，成都是深居中国内陆偏僻落后的地方。读了本文后，你会了解到，清政府也曾努力做出革新与改变，历史悠久的成都从来都是开放包容的地方。偏见往往来自孤陋寡闻，开放才能保持活水不断。

群文探究

1. 从文翁兴学到四川总督督办全川学堂，成都一直走在中国教育改革的前列。读完本章后，到文中找一找成都在教育改革方面都有哪些可圈可点的地方，写出其中你印象最深的一件事。

我印象最深的事是：＿＿＿＿＿＿＿＿＿＿＿＿＿＿＿＿

对此，我想说：＿＿＿＿＿＿＿＿＿＿＿＿＿＿＿＿

2. 如今，在文教兴盛的成都，实体书店和阅读空间超过3600家，居全国第一。众多风格各异的书店吸引着人们阅读的脚步。请你上网查一查相关资料，完成一次"成都魅力书店之旅"。当然，你完全可以把表格中的书店名换成别的，也可以实地打卡这些书店哦。

书店名称	地址	特色
方所		
文轩BOOKS九方		
湖畔书店		
三联韬奋		
钟书阁		
见山书局		
白夜		
寻麓书馆		

第四章　诗歌花园

自古诗人例到蜀，好将新句贮行囊。

　　成都优美的生态环境、富裕安适的社会生活催生了文化的繁荣，吸引了各地文人雅士云集。两汉涌现了司马相如、扬雄等"文章冠天下"的辞赋大家。唐代诗人李白多次游历成都，大开眼界，极力描摹成都山川清幽、花草明艳、风光壮丽；杜甫饱经忧患，经天府之国的滋润慰藉，也书写春光明媚、春雨温润，留下"杜甫草堂"，流芳百世……

　　成都，这座生长诗歌的花园，诗意缭绕，吟诵声响彻千年。让我们打开本章，细细品味历代文人在这里留下的足迹与诗意。

扫码立领
- 名师朗读
- 美文微课
- 城市印象
- 老城记忆

名家笔下的老成都

蜀都赋（节选）

◎ [西晋] 左　思

夫蜀都者，盖兆基于上世，开国于中古。廓灵关以为门，包玉垒而为宇。带二江之双流，抗峨眉之重阻。水陆所凑，兼六合而交会焉；丰蔚所盛，茂八区而庵蔼焉。

于是乎金城石郭，兼帀（zā）中区。既丽且崇，实号成都。辟二九之通门，画方轨之广涂。营新宫于爽垲（kǎi），拟承明而起庐。结阳城之延阁，飞观榭乎云中。开高轩以临山，列绮窗而瞰江。

作者简介

左思（约250—305），字泰冲，齐国临淄（今山东淄博）人。西晋著名文学家，其《三都赋》（《魏都赋》《吴都赋》《蜀都赋》）为当时称颂。富贵之家都爱传抄《三都赋》，京城的纸也因此涨价，出现"洛阳纸贵"的盛况。

> 都都读诗

　　请往这边看啊，在这里有固若金汤的城墙，庄严屹立，以自己磐石般的身躯怀抱城中街道楼宇，守护着人们幸福的生活。瞧这座城啊，繁荣、精致、昌盛、博大，正是因此才会被冠以"成都"这一美名吧？十八座城门有商贾来往不绝，迎接人们进入此间盛世；千百条道路容两车并行无碍，方便车马赏玩满城风光。平野上筑起了崭新的宫城，还能观赏到仿照长安宫修建的壮丽楼庐。阳城门之外绵延的阁道一直向远方伸展去，渐渐消失在山岭俊秀的轮廓间；供游人观景享乐的台榭直耸天中，仿佛要将九重天秘境昭示于众。请大家到这里来，站在堂屋左右高立明亮的廊道之中，透过两旁精致的雕窗，将天府之国两江双流、峨眉重阻的奇山异水统统收于眼底。江水推着波澜，两岸嫩柳萦绕着座座山峦，山峦上空飞着白鹤联结一围，精心地呵护着这朵"芙蓉"。古蜀文明向我们展示了自己独特奇丽的魅力，天公造物赠予世间一片自在静谧的乐土，诗人站在桥头问渔叟：是山水造化出成都，还是成都成就了山水？

（陈远卓，14岁）

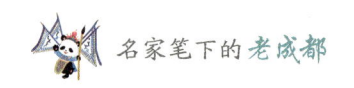

上皇西巡南京①歌十首（其二）

◎ [唐]李 白

九天开出一成都，万户千门入画图。
草树云山如锦绣，秦川得及此间无。

作者简介

李白（701—762），字太白，号青莲居士，又号"谪仙人"。唐代伟大的浪漫主义诗人，被后人誉为"诗仙"，与杜甫并称为"李杜"。

注释

①上皇西巡南京：唐玄宗天宝十五年（756）六月，安禄山攻陷长安，玄宗仓皇逃往成都避难。八月，太子李亨即位，尊玄宗为太上皇，以成都为南京。

译文

锦城成都如九天所开，万户千门像画图一样美丽。

那里的草树云山如同锦绣，秦川长安的风光能比得上这里美丽吗？

都都读诗

这首诗中充满了诗人对成都的赞美。诗人先感叹成都简直如同上天开辟出的一般，然后将万户千门比作了一幅幅美丽的图画。这不禁让人想起那一栋挨着一栋的古老房屋，墙壁上或许有着青青绿绿的苔痕，屋角下或许有着渺小而灿烂的野花，刚洗刷好的衣物也许花花绿绿地晾晒在每家每户的门口……每一栋房屋都安静地站着，屋里会有说笑的少女，厨房里会有妇女忙碌的身影，书房中会有书生在埋头苦读……啊，成都，本身就是一幅画！

平日里常见的草树云山，被诗人形容为华美的锦绣。锦绣多么丝滑，多么细腻。诗人定是看到了那极繁茂的草，郁郁葱葱的树，轻轻淡淡、如烟的云朵，还有那掩藏在雾气之中若有若无的巍峨高山……这样的绚烂，这样的令人陶醉，才会写下这样的诗句吧！

最后一句的对比，更是表现出了诗人对成都景色的赞美，说明成都的美景在诗人心中实在有着很高的地位！是啊，画卷般的古城，锦缎般的自然美景，的确是值得让人发出感叹的绝美都市！

咦，你同意李白对成都的看法吗？读了这首诗，你会怎样形容成都呢？

（张语千琳，14岁）

成都府

◎ [唐]杜 甫

翳翳①桑榆日②,照我征衣裳。

我行山川异,忽在天一方。

但逢新人民,未卜见故乡。

大江东流去,游子去日长。

曾城③填华屋,季冬树木苍。

喧然名都会④,吹箫间笙簧。

信美无与适,侧身望川梁⑤。

鸟雀夜各归,中原杳茫茫⑥。

初月出不高,众星尚争光。

自古有羁旅,我何苦哀伤。

作者简介

杜甫(712—770),字子美,自号少陵野老,河南巩县(今河南省巩义市)人。唐代伟大的现实主义诗人,被后人尊为"诗圣",其诗被称为"诗史",与李白合称"李杜"。

注释

①翳(yì)翳:朦胧的样子。
②桑榆日:将落的夕阳。

第四章　诗歌花园

③曾（céng）城：即重城。指成都的大城、少城。
④名都会：有名的城市。这里指成都。
⑤川梁：桥梁。
⑥杳（yǎo）茫茫：形容极其遥远，看不到形影。

译文

黄昏时暮色苍茫，夕阳的光辉笼罩在我身上。
一路行程山河变换，一瞬间就在天的另一方。
只是不断地遇到陌生人，不知何时会再见到故乡。
大江浩荡东流去，客居异乡的岁月会更长。
城市中华屋高楼林立，寒冬腊月里树木苍苍。
人声鼎沸的大都市啊，歌舞升平，管弦齐奏。
无法适应这华美的都市生活，只好侧身把远山遥望。
夜幕四合鸟雀归巢，战火纷飞的中原音讯渺茫。
初升的月亮斜挂天边，天空繁星闪烁与月争光。
客居他乡自古有之，我又何苦独自哀愁悲伤？

都都读诗

这一次，我来到了唐朝。这时正是黄昏，天色渐渐变暗了，太阳只剩下最后一点灿烂的金边还留在地平线，而那金边，也正在一点点暗淡下去。暮色在不知不觉间包围了大地。我一转眼，却忽然看到一个伫立的人影，入神地看着即将没去的夕阳，一点点残留的阳光淡淡地照着他的脸。他眯了眼，深深叹了口气："一转眼，就走到了天的另一边啊……"什么？天的另一边？看来他一定是从很远的地方来的吧？不知赶了多久的路！我正这么想着，忽然又有个人影向我走来，原来是个扛着锄头的农夫。农夫经过那个人身边时，那人居然微微转了转头，看看农夫的面孔，又是一声叹息。他怎么老是叹气？是想到什么人什么事了吗？又或者，在思念着家乡吧？

又站了一会儿，他又忽然往前走去，江水就在我们身旁奔涌着，我看到他一直望着哗啦啦翻滚的江水，眉头皱了起来。这是一个多么哀伤的人啊！他究竟遇见了什么伤心事儿？带着疑问，我继续悄悄跟着他。他慢慢经过了繁华的城市，郁郁葱葱的树荫。城市里十分热闹，处处都是说笑的人，弹琴声、歌唱声、舞蹈声不绝。他看着这陌生的一切，脸上充满茫然和惊惶。

终于，他走到一个人烟稍微少一点的地方，抬起头来，凝视的却是远方的高山。扑棱扑棱，这是鸟儿扇动翅膀的声响。夜幕降临，它们也该回家了。我看他望着飞去的鸟儿，眼里闪烁着泪光。我惊讶了，他又想到了什么？刚刚升起的月亮开始发出微弱的光，天上繁星闪烁，简直在与月亮的光芒一决高下。忽然，那人转过头，表情变得很坚定，眼里的泪光也消失了，像是忽然明白了什么道理似的，然后一甩袖离开了……真是个多愁善感的人啊！他到底在思考些什么呢？

（张语千琳，14岁）

成都曲

◎ [唐]张 籍

锦江近西烟水绿,新雨山头荔枝熟。
万里桥边多酒家,游人爱向谁家宿。

作者简介

张籍(约767—约830),字文昌,和州乌江(今安徽省和县)人,贞元十五年(799)进士,历任国子监助教、国子博士、水部员外郎、国子司业等职,世称"张水部""张司业"。有《张司业集》。

译文

锦江西面碧波之上烟霭迷蒙,雨后山坡上荔枝已经成熟。
城南万里桥边有许多酒家,游人喜欢向谁家投宿呢?

都都读诗

张籍到成都游览时先来到了锦江。锦江,以江水清澈著称。此时,雨水初霁,水面上波光粼粼,清凉透彻。一层淡淡的薄烟笼罩在湖面之上,芳草的清香混合着泥土的气息都在微微湿润的空气里酝酿,如梦似幻,牵动人心。被洗过的天幕上,暖暖的阳光泻在山头之上,远远看去似一片红云,再一看,原来是荔枝啊!

一颗颗大大的、娇艳如红宝石一般的荔枝挂在枝头,一串串儿,美不胜收。他又来到了城中,桥下商贾往来,这些船只要到何处去呢?桥边随处可见酒家。人们的吆喝声、儿童的嬉戏声传入耳畔。这些无一不让人联想:这是一个繁华的城市。那么身为游人,你想去哪一家投宿呢?从这问人和自问的语气里,我想到了蓉城处处招待热情、家家朴实诚恳的风俗人情,以及成都的繁华富丽。

等一等,谁能帮我数一数,诗中有多少个成都景点呢?诗中的"酒家"又是什么意思呢?

(温馨媛,13岁)

荔枝林　摄影:刘志林

锦江①观涨②

◎ [清] 沈　廉

桃花落尽春水生，锦江忽作辊雷③鸣。
奔流欲转草堂去，大声撼动芙蓉城。
两岸回旋如走马，飞腾上下驰流星。
浪花排空百丈立，银河倒泻天为倾。
一气浑噩渺无尽，乾坤不觉如浮萍。
忆昔长江破巨浪，风帆乘我空中行。
身如沧海渺一粟，性命直与蛟龙争。
今日江城④看春涨，披襟⑤想像神⑥犹王。
安得⑦呼起浣花翁⑧，相与⑨乘舟坐⑩天上。

作者简介

沈廉，字补隅，浙江嘉兴人。少时入秦，后足迹遍布南山北水。有《蜀游诗》一集。

注释

①锦江：濯锦江的简称，为岷江流经成都城南的一段。
②观涨：观看春江水涨。
③辊（gǔn）雷：滚动的雷声。
④江城：指成都临江的大城城墙。

⑤披襟：敞开衣襟。比喻舒畅心怀。
⑥神：精神。
⑦安得：这里是如何能、怎能的意思。
⑧浣花翁：指杜甫。
⑨相与：一起。
⑩坐：停留。

都都读诗

这首诗可分为三段：一为开头到"银河倒泻天为倾"，直接描写出锦江的汹涌；二为"一气浑噩渺无尽，乾坤不觉如浮萍"，诗人承上启下地描述自己的感受；三为"忆昔长江破巨浪"到最后一句，写诗人的思考与想象。可以看出，此诗实、转、虚三者结合，结构浑然一体。

我认为最妙的是最后一句"安能呼起浣花翁，相与乘舟坐天上"。这时诗人被锦江深深迷住了，自然而然地想起了曾在锦江边居住的杜甫，便幻想着和诗圣一起坐着小舟——那种可用"一叶"来形容的小船，飘飘然、陶陶然地停留于天上，远离人世喧哗，远离人间纷杂。这算不算圆了杜甫，又或许是诗人自己的一个梦呢？

（邓文砚，13岁）

第四章 诗歌花园

草堂祭杜甫

◎余光中

乱山丛中只一线盘旋
历尺穿险送你来成都
潼关不守，用剑阁挡住
蜀道之难，纵李白不说
你的芒鞋怎会不知

杜甫草堂　摄影：马骏聪

好沉重啊，你的行囊

其实什么也没带

除了秦中百姓的号哭

安禄山踏碎的山河

你要用格律来修补

家书无影，弟妹失踪

饮中八仙都醒成了难民

浣花溪不是曲江

却静静地为你而流

更呢喃燕子，回翔白鸥

七律森森与古柏争高

把武侯祠仰望成汉阙

万世香火供一表忠贞

你的一炷至今未冷

如此丞相才不愧如此诗人

草堂简陋，茅屋飘摇

却可供乱世歇脚

你的征程更远在下游

滚滚长江在三峡待你

屈原在喊你，去湘江

一道江峡，你晚年独据

高楼在白帝的雉堞（dié）
倾听涛声过境如光阴
猿声，砧声，更笳声
与乡心隐隐地相应

夔（kuí）州之后漂泊得更远
任孤舟载着老病
晚年我却拥一道海峡
诗先，人后，都有幸渡海
望乡而终于能回家

比你，我晚了一千多年
比你，却老了足足廿岁
请示我神谕吧，诗圣
在你无所不化的洪炉里
我怎能炼一丸新丹

读与思

2006年8月29日，诗歌圣地杜甫草堂迎来了著名诗人余光中。走在草堂的石径小路上，余光中感慨万千："杜甫的经历、胸襟，在中国历史上是无人可比的，他是最能代表儒家博爱精神的人，我的写作受杜甫影响不小。"搜一搜杜甫不同风格、不同题材的诗歌读一读吧，你也许会像余光中先生一样得到启发，写出自己的好诗来。

群文探究

1. 本章所选诗歌，写作时期不同，内容和主题却都是同一个——表现成都的风貌与成都的人。你能从中读出不同时期的成都风貌有何异同吗？请挑选几首你喜欢的诗歌，列一个表格来比较，图文结合会表达得更生动哦。

年代	诗歌题目	诗中表现的成都风貌特点

2. 读完这一章，你能说说"自古诗人例到蜀"这一现象产生的原因吗？

3. 诗歌解读的角度是多元的，比如这一章里"都都"就以赏析和创意改写的方式来解读古诗，这样的解读就打上了"个性化"的色彩。请选择你喜欢的一首古诗，用你的方式来创意解读一下吧：赏析、创意改写、思维导图、诗配画……

第五章　成都文艺范儿

和我在成都的街头走一走，
直到所有的灯都熄灭了也不停留。

"江山之秀、罗锦之丽、管弦歌舞之多、会巧百工之富"，成都自先秦以来就是一座充满艺术氛围的城市。文学、戏剧、音乐、绘画、雕刻工艺等是城市文化形成的重要因子，让成都充满了文艺范儿。

天府之国，人文荟萃，才情传承。悠久而独立的文化始源，灿烂而多彩的城市历史，使成都文化具有鲜明的地域特征。成都是文化繁荣的活力之城、文艺之都。

扫码立领
★ 名师朗读
★ 美文微课
★ 城市印象
★ 老城记忆

名家笔下的老成都

我的老家

◎巴　金

　　一九二三年五月我离开老家时，那里没有什么改变：门前台阶下一对大石缸，门口一条包铁皮的木门槛，两头各有一只石狮子，屋檐下一对红纸大灯笼，门墙上一副红底黑字的木对联"国恩家庆，人寿年丰"。我把这一切都写在小说《家》里面。《激流三部曲》中的高公馆就是照我的老家描绘的，连大门上两位"手执大刀，顶天立地的彩色门神"也是我们家原有的。大约在一九二四年我在南京的时候，成都城里修马路，我们家的大门应当朝里退进去若干。门面翻修的结果是石缸、石狮子、木对联等都没有了。关于新的门面我只看到一张不太清楚的照片，听说大门两旁还有商店，照片却看不出来。

　　一九三一年我开始写《激流》，当初并没有大的计划。我想一点写一点，不知不觉地把高公馆写成我们家那个样子，而且是我看惯了的大门翻修以前的我们的家。从大门进去，走出门洞，下了天井；进二门，再过天井，上大厅，弯进拐门；又过内天井，上堂屋，进上房；顺着左边厢房走进过道，经过觉新的房门口，转进里面，一边是花园一边是仆婢室和厨房，然后是克明的住房，顺着三房住房的窗下，走进道小门，便是桂堂。竹林就在桂堂后面。这一切全是如实的描写。在小说里只有花园是出于我的编造和想象。我当时用我们那个老公馆作背景，并非有意替它宣传，只是因为自己没有精密计划，要是脑子里不留个模型，说不定写到后面就忘记前面，搞得前后矛盾，读者也莫名其妙。

关于我们老家的花园，只有觉新窗外那一段"外门"的景物是真实的，从觉新写字台前望窗外就看得见那口井和井旁的松树。我们的花园并不大，其余的大部分，也就是从"内门"进去的那一部分，我也写在另一部小说《憩园》里了。所以我对最近访问过成都的日本朋友樋（tōng）口进先生说："您不用在成都寻访我的故居，您把《激流》里的住房同《憩园》里的花园拼在一起，那就是我的老家。"

（选自《我的老家》）

文学巨匠巴金

> **读与思**
>
> 巴金说："您把《激流》里的住房同《憩园》里的花园拼在一起，那就是我的老家。"在《憩园》里，作者用细腻的笔触描写了二十世纪初成都大户人家的花园景致，字里行间流露出巴金对老家的怀恋。你也可以读读巴金的小说《激流》。想一想：将《激流》里的住房同《憩园》里的花园拼在一起，是什么样子？

听川剧

◎朱晓剑

在成都，不听川剧，似乎无法领略成都娱乐的精魂。所以，我偶尔还会去悦来茶园里坐坐，欣赏川剧的传统之美。

作家巴金在他漫长的101年人生旅途中，始终乡音不改，喜听川剧，吃川菜，尤喜"夫妻肺片"。这是曾生活在成都的人对川剧的情结。

老舍在《青蓉略记》记下看戏的事：

> 吴先忧先生请我看了川剧，及贾瞎子的竹琴、德娃子的扬琴，这是此次过蓉最快意的事。成都的川剧比重庆的好得多，况且我们又看的是贾培之、肖楷成、周慕莲、周企何几位名手，就更觉得出色了。不过，最使我满意的，倒还是贾瞎子的竹琴。乐器只有一鼓板，腔调又是那么简单，可是他唱起来仿佛每一个字都有些魔力，他越收敛，听者越注意静听，及至他一放音，台下便没法不喝彩了。他的每一个字像一个轻打梨花的雨点，圆润轻柔；每一句是有声有色的一小单位；真是字字有力，句句含情。故事中有多少人，他要学多少人，忽而大嗓，忽而细嗓，而且不只变嗓，还要咬音吐字各尽其情：这真是点本领！希望再有上成都去的机会。多听他几次！

关于川剧变脸，王溢嘉在《川剧变脸与章鱼的联想》里说，一提到川剧，几乎每个人都会立刻想到"变脸"，它已成了川剧的招牌。在锣鼓声中，舞台上的演员袖子一遮，头一甩，瞬间就变出另一张脸谱来。现在川剧界最年轻的变脸王何洪庆，在短短的一秒半时间内即能变三张脸，其技艺之精湛实在令人叹为观止。

川剧绝活"变脸"　摄影：刘国林

川剧的变脸有抹脸、吹脸与扯脸三大类，我们现在所看到的主要是扯脸：演员先在脸上贴十几张用绸子做的极薄的脸谱，在表演时，利用障眼法和机关用线将原来的脸谱扯走藏起来，瞬间露出下一张脸谱。怎么扯怎么藏，说来容易做来难，撇开技巧不谈，川剧之所以需要变脸，主要是想借助具体可见的脸谱颜色及图案的变化，来反映剧中人物不可见的内心思想情感的变化。

（选自《成都旧时光》，有删减）

读与思

川剧在2006年入选第一批国家级非物质文化遗产名录，是我国地方戏曲的主要剧种之一，有"唐三千，宋八百，演不完的三列国"之说。川剧的表演程式丰富，美不胜收。川剧有五种声腔：高腔、弹戏、昆腔、胡琴、灯戏。

你可以去成都市川剧博物馆或成都悦来茶园、宽窄巷子、琴台路等成都有特色的餐馆或茶馆，静静地赏一场川剧，对川剧服饰、角色行当、场面与声腔、语言、音乐等直观感受一下，有兴趣还可学一学、唱一唱、演一演。

张大千与青城山

©张心智

四川的青城山,向有"青城天下幽"的盛名,父亲当年在北平时,曾听我的师兄肖建初详细介绍过。这次返蜀后,父亲决定率家前往,在那里居住一段时间。

青城山坐落在成都以西约55千米的灌县境内,其主峰在灌县西南大约16千米处。山上有长生宫、建福宫、天师洞、上清宫、圆明宫和玉清宫等道教庙观。这里山清水秀、树木成林;奇花异草,遍山皆是;飞禽彩蝶,种类繁多;环境幽静,景色宜人,是写生绘画的好地方。1938年年底,父亲带领全家居住在上清宫。

这里的住持马道长极为热情,为了使父亲作画有个较好的环境,专把我们一家人安排在有十余间房屋的一所独院住宿。

有时候父亲应天师洞住持彭道长的邀请,带我们去那里小住几天。在这期间,父亲先后为上清宫的麻姑池绘制了麻姑仙子像,为鸳鸯井题了字,不久便刻在石碑上,分别竖立在麻姑池和鸳鸯井的旁边;并给天师洞的彭道长,上清宫的马道长、冯道长作了画。父亲喜爱梅花,闲时亲手在上清

国画大家张大千

宫院内和登主峰的石板路旁边，栽种了不少红梅和绿梅。

父亲感到他能从日军魔掌中挣脱出来，重新获得自由，真是"上天保佑"。从此，他在青城山带领学生、子侄潜心习画。幽幽青城的自然景色，为父亲提供了描绘不尽的素材，更加激发了他的艺术创作热情。记得父亲在青城山居住的两年间，画了以青城、峨眉等为题材的各种作品达1000余幅。《青城山全景》通屏是他比较集中而系统地表现青城景色的巨作。

（选自《父亲在抗战中的旧事》）

读与思

张大千是中国现代画家，四川内江人，曾临摹历代诸家绘画和敦煌壁画。人物、山水、花鸟、工笔、写意，无一不能。晚年独创泼墨泼彩大写意山水，雄奇瑰丽，最具个性。代表作有《长江万里图》等。20世纪50年代，张大千游历世界，获得巨大的国际声誉，被西方艺坛赞为"东方之笔"。

四川省博物馆还专门有一个他的作品展厅，同学们可以去欣赏，回去后可临摹或创作，也可写下你的参观感受。

群文探究

著名巴蜀文化学者袁庭栋老师在《巴蜀文化志》中说:"在近代四川文化生活中,川剧与川菜是最富有特色的川味正宗。"《变脸》《白蛇传》《尘埃落定》等都是在传承中不断创新的川剧剧目,还有很多经典剧目等着你去欣赏。川剧的文学价值和观赏价值都非常高,这里为你提供以下"玩法",让你更深入地了解川剧,做川剧"玩友",做非遗传承人。(选择1—2个探究)

玩法名称	探究内容	伙伴评价
博物馆课堂	把课堂搬进川剧博物馆。参观结束后,到川剧院或锦江剧院看一场戏,写一写你对川剧的认识。	
对话老艺人	采访川剧老艺人,了解老一辈艺术家对川剧艺术的追求和成长故事,试着写采访录。	
我的SHOW	去春熙路春熙坊、香香巷梅花川剧团等,在老师的指导下穿戏服,扮装在舞台演出。	
"悦"读变脸	变脸是川剧的绝活之一,观赏性很强,很神奇。而据其写成的歌曲《变脸》,有正宗的川味,可以听一听、学一学、唱一唱;吴宇森执导的电影《变脸》,可以看一看、写影评;四川文化名人巴蜀鬼才魏明伦的《变脸》,可以读一读。从不同角度聚焦变脸,你有什么发现?	
探"火把剧团"	探索"火把剧团"的生存和发展现状,写一份调查报告。	
DIY宣传片	结合你对川剧的了解、采访、调查、阅读、实践体验,给川剧拍摄一个宣传片或纪录片。	

第六章　蓉城风物

千林扫作一番黄，只有芙蓉独自芳。

我们的祖先在历史发展中留下许多智慧，这些智慧已成为城市的一种基因、一种精神、一种文化。成都这片神奇的土地上孕育出太多见证这座文明之都魅力的风物，如太阳神鸟金箔、世界上最早的纸币交子、蜀锦、蜀绣、漆器、雕版印刷、画像砖、陶俑、酒坊等宝贵的文化遗产，还有无声的城墙、新秋芙蓉等。这些风物是我们了解与认识老成都的一扇窗口。让我们跟随这些风物去聆听一段故事，感受一段传奇，传承一种精神，接续一种文脉，一起去欣赏老成都的物华锦绣、琳琅璀璨。

扫码立领
- 名师朗读
- 美文微课
- 城市印象
- 老城记忆

古蜀人创造的非凡艺术品

◎萧 易

迄今为止，金沙共出土金器两百余件，包括金面具、金冠带、太阳神鸟、蛙形器、鱼形器、喇叭形器，以及大量散落的金片。在此之前，中国商周时期的古遗址从未出土过这么多金器，金沙便是当之无愧的"黄金王国"。

众多金器中，最引人注目的无疑是太阳神鸟金箔。太阳神鸟又称"四鸟绕日"，一直被考古界认为寄托了古蜀人对太阳的理解与诠释。太阳神鸟外径12.5厘米、内径5.29厘米，图案可分为内外两层：内层等距离分布着十二条旋转的齿状芒，如同一个正在旋转的火球；外层等距离分布着四只飞鸟，首足前后相接，

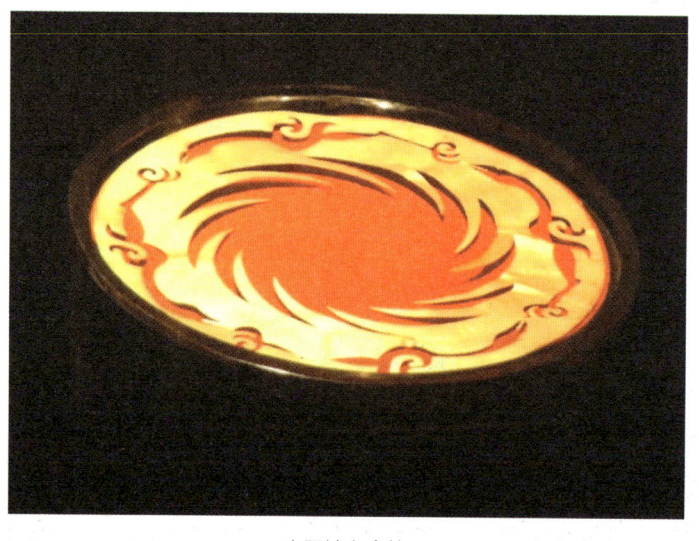

太阳神鸟金箔

向着同一方向展翅飞翔。线条流畅，极富韵律，充满动感。如此丰富流畅的图案，却是在厚0.02厘米的金箔上完成的，令人感叹于古蜀工匠巧夺天工的技艺。

考古学家猜测，中间旋转的火球代表太阳，四只鸟代表一年四季，十二道光环代表十二个月或者一天之中的十二个时辰。古蜀先民认为太阳具有使万物复苏的超自然力量，于是崇拜太阳；他们认为太阳的东升西落是靠鸟的飞行完成的，因此将鸟和太阳联系在一起。不只是金沙，整个古蜀都狂热地崇拜着太阳：三星堆祭祀坑出土了青铜神树、太阳形青铜器；古蜀国最后一个王朝国号为"开明"，"开明"二字意为"推开窗户见太阳"，本身就是一个与太阳密切相关的词语。金沙遗址博物馆研究部主任王方认为，太阳神鸟金箔是古蜀人创造的一件非凡的艺术品，寄托了古蜀人对太阳与鸟的崇拜。

（选自《文物为成都作证》，有删减）

读与思

读完文章后，你一定被这个艺术品震撼到了吧！在文中找到描写太阳神鸟细节的句子读一读，画一画太阳神鸟图案。在成都的哪些地方还能看到这个图案呢？去金沙遗址博物馆看看，将你看到的和联想到的写出来。也可以读读相关书籍，以这一段古蜀文明历史为背景，创作一部《古蜀国部落历险记》。

名家笔下的老成都

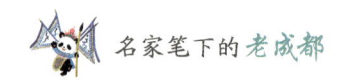

重温旧梦说城墙

◎海 粟

在中莲池城墙边出生、长大的我,常听父母摆谈,光绪皇帝在位时,城墙外表看似坚固,实则内里日渐空虚。自从东、南、西、北四门城墙边的瓦房比草房还多,挖城墙泥巴、搬城墙砖头的事就不断发生。到了军阀割据时期,"大脑壳"们竞相修公馆,都向城墙打主意;就地取材把内城墙的砖几乎拆完挖空。代之而起的是茂密的野生植物、满坡杂草和绿荫如盖的泡桐树。昔日的城墙白天一派荒凉,晚间阴森恐怖;遇到连绵细雨的深夜,还会依稀飘来几下神秘的敲梆声,听者无不为之毛骨悚(sǒng)然。记得年幼时,母亲总是指着城墙告诉我:"不准上去耍,那里有'麻脸子'背娃娃!"

稍长,城墙对我的诱惑力与日俱增。那年城墙正在修碉堡,来往的人川流不息。有一天,我大起胆子随同邻居几个小伙伴爬上去看稀奇。出乎意料,城墙上为我开放了一片新的世界,天地那么广阔,到处那么好玩;原来它并不像父母说的那样可怕。爬在雉堞[①](zhì dié)上,可饱览城外美丽的景色,但见府河缓缓流淌,两岸芦苇丛生,极目天际,阡陌(qiān mò)纵横,黄、绿相间;华西坝的钟楼悄然屹立,无线电台似两把尖刀直刺蓝天;俯视城外近壕边,是一大片绿油油的菜园地。

从此,城墙上成了我童年时代的"乐园"。除了下雨或冬天,只要不上学,我便同小伙伴一起到城墙上去玩耍。灌"推屎爬"[②],

扯狗尾巴草"打官司",摘樱桃般的红果果吃,脱下衣裳扑蛾蛾、丁丁猫③,逮油蚱蜢……即便是皮青头紫,挨母亲的巴掌,也照去不误。回想起那段既甜蜜又酸苦的岁月,不胜今昔之感;与眼下的孙辈常泡"儿童乐园"、一次花几十元相比,不啻④(chì)霄壤之别!

　　随着年龄的增长,我对城墙有了自己的感受。早晨,那里的空气格外清新,四周静悄悄。有人在聚精会神地练拳,有人悠闲自在地遛鸟,有人准时在那里吊嗓子;我发现那里还是琅琅读书的好地方。黄昏的城墙上另是一番景象!天边飞来一群群乌鸦,发出阵阵聒(guō)噪⑤声,然后栖息在城外的一棵大皂角树上。菜农家升起了炊烟,不时传来几声犬吠。夕阳余晖下,一个面目清秀、年龄和我差不多的小号兵正在练习;他吹出来的号音像在呼唤什么,显得孤独而凄凉。听久了,我心里掠过一丝难受,赶快回家依偎在母亲身边;此刻,唯有此刻,我才体验到一种受保护的安全感。比起那个小号兵,我还是"幸运"的;至少我是在自己的家里!

　　夏天的夜晚,城墙边一带充满了盎然的生气。各家的菜园地里"叫蝈蝈"叫得那么欢畅,那是我听到的最美妙的音乐。逢上大月亮,人们都喜欢到城墙上去乘凉;泡一壶红白茶,端几个矮板凳,点一圈药蚊烟,东一堆,西一堆,以家为单位各摆各的"龙门阵"。娃娃们则凑在一起唱儿歌,偶尔,有的大人还乘兴唱几句川戏。

　　只有每年正月十六日城墙上才出现一次热闹的"盛况"。从早晨起,市民们纷纷到这里来"游百病"。据说,游后可"百病不生"。那天,城墙上万头攒(cuán)动,摩肩接踵(zhǒng);

名家笔下的老成都

卖各类小吃的，见缝插针摆摊设点，香气四溢。也有卖打药的、测字算命的，三教九流，无所不有，还有喊着"太太、老爷要个钱嘛！"的叫花子到处伸手。直到傍晚，一批又一批的游人才尽兴离去；城墙又恢复了它的平静。

（选自《市民记忆中的老成都》，有删减）

注释

①雉堞：古代在城墙上面修筑的矮而短的墙，守城的人可借以掩护自己。

②推屎爬：屎壳郎。

③丁丁猫：蜻蜓。

④啻：但，只，仅。

⑤聒噪：声音杂乱，吵闹。

读与思

老成都城墙"楼观壮丽"，"冠于西南"，"不亚于京师"，可想象曾经遍植芙蓉、间植桃柳的美丽景色。城墙伴着老成都人进入新时代，它已储存在今人的回忆中。今天，成都旧城墙的唯一遗址在北较场，这是一处仅存城墙的老古董。有机会可以去看看，以老城墙自述的方式写写它的故事。

蜀山新秋芙蓉开

◎阿 来

从时序上说,芙蓉花差不多是成都一年中开得最晚的花了。正所谓"开了木芙蓉,一年秋已空"。

苏东坡诗云:"千林扫作一番黄,只有芙蓉独自芳。"说得正是此花开放的时令。这样留心于芙蓉的观察者不止苏东坡一个。早在此前的唐代,长居成都的女诗人薛涛就有诗句"芙蓉新落蜀山秋"。说的是芙蓉花落的时候,蜀地的秋天就算是真正到来了。从诗句中看,薛才女的观察更加细致入微,芙蓉花真的是且开且落的。芙蓉花开的那些日子,我就四处留心观察,每一朵芙蓉,盛放后,在枝头上停留也就两天左右的时间,然后就枯萎了,悄然凋落在树下了。只要稍加留意,就会看到每一株芙蓉树下,潮润的地上,都有十数朵,甚至几十上百朵的落花了。但在树上,每一枝头的顶端,都有更多的花朵正在盛开,或者即将盛开,还有更多的花蕾在等待绽放。也就是说,芙蓉的花期还长,蜀地成都的秋天也一样深长。

这就是在成都观赏秋花,要以芙蓉为先的首要理由——自然物候上的理由。

当然,更为重要的还有文化上的理由。

成都被简称为"蓉",已有千年以上的时间。这个"蓉",就是芙蓉花的"蓉"、木芙蓉的"蓉"。

这个来历,至少好多成都人是知道的。

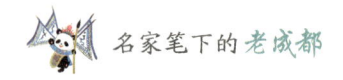

有个传说叫"龟画芙蓉"。说的是成都初建城时,地基不稳,屡建屡塌,后来出现一只神龟,在大地上匍行一周,其行迹刚好是一朵芙蓉的图形,人们依此筑城,"一年成聚,两年成邑,三年成都"。

另一传说叫"芙蓉护城",被更多的"蓉城"人接受。说的是五代十国时后蜀国君孟昶为保护城墙,命人在成都城墙上遍植芙蓉,每当秋天芙蓉盛开,"四十里芙蓉如锦绣",满城生光,从此,成都便别名"蓉城"。据考,当年的城墙是土城,在雨水丰沛的成都,土城易于崩塌,而芙蓉花树,地面的部分繁盛茂密,可以遮挡雨水直接冲刷墙土,其根系也很发达,也有很好的固土作用。也许嫌这个理由过于实用主义,不太配"蓉城"或芙蓉本身的美丽,或者是历史上确有其事,反正成都人更相信,孟昶之所以选择芙蓉防护和妆点成都,是因为受贵妃花蕊夫人的影响。这位花

新秋芙蓉花　摄影:陈先敏

蕊夫人喜欢赏花观花，又因为眼见春夏之花花期短促且易于凋零，便又时时处于"感时花溅泪"的敏感伤怀的状态之中。后来，她在郊游时，在农家院中发现了这傲寒拒霜的芙蓉花，深得安慰，非常喜爱。因此，孟昶为讨她欢心才在成都遍植芙蓉。

　　成都这个城市，注定与芙蓉有缘。从五代起，成都就把芙蓉当成了市花。更早一点的唐代，浣花溪边有许多造纸的作坊，能制作美丽而精致的笺纸。才女薛涛在这些笺纸上写饱含深情的清词丽句。后来，她嫌书写的介质不够美丽，竟自己跑到某个造纸作坊，亲自设计纸样，并督导工匠，用浣花溪的水、木芙蓉的皮、芙蓉花的汁，制成了色彩绚丽又精致的薛涛笺。薛涛用薛涛笺与刘禹锡、元稹等诗人以诗唱和，留下了"不结同心人，空结同心草"之类的多情诗句。这也是她为这座叫"蓉"的城市留下的一段深远的雅韵。

　　是的，有薛涛和花蕊夫人两位多情的女性打底，成都的芙蓉便更加意味深长了。

（选自《散文成都》）

读与思

　　成都的市树是银杏，市花是芙蓉。作者笔下秋天绽放的芙蓉别有一番韵味。秋天时节，欢迎你来成都欣赏芙蓉，用自己喜欢的方式记录她的美。你也可以学着才女薛涛，用芙蓉花汁液制作书笺或DIY其他作品。

群文探究

1. "悦"读时光：成都是一座古老而神秘的城市，有许多历史物证来展示成都精神、成都风尚、成都文明。本章只选了一些代表性历史物证来分享。你可走进博物馆、历史遗址或阅读有关书籍去了解更多与成都有关的物，创意设计制作"成都物华锦绣"主题作品。（以小报、明信片、手绘、电脑创意制作等方式呈现都可以）

2. 成都"物"语：2022年6月26日至7月7日，第31届世界大学生夏季运动会将在成都举办。如果你是成都的导游、大运会志愿者，面对外国客人，你最想带他们了解哪些有成都特色的"物"呢？仔细观察，巧妙构思，试着给文物设计名片，写解说词。推荐你看看央视纪录片《国家宝藏》《我在故宫修文物》，以及《百家讲坛》相关文物主题的内容。

第七章　山水之间

水绿天青不起尘，风光和暖胜三秦。

"拜水都江堰，问道青城山"，都江堰与青城山山水相映；三国文化说到今，武侯祠内古柏森森，殿宇宏伟；曾让杜甫感叹"安得广厦千万间，大庇天下寒士俱欢颜"的杜甫草堂，如今已成高楼林立中的一处静谧；宽窄巷子，岁月静好，青灰色的砖墙和斑驳的门环还残留一种淡淡的怀旧味道……

成都的似水年华，悠然穿过四季。独具特色的小巷，油绿的爬墙虎，雕花的门窗，在这座幽静的城市里，记录着流逝的岁月和生命的美好。

扫码立领
★ 名师朗读
★ 美文微课
★ 城市印象
★ 老城记忆

芙蓉城

◎罗念生

燕京城像一个武士,虽是极尽雄壮与尊严,但不免有几分粗鲁与呆板;芙蓉城像一个文人,说不尽的温文,数不完的雅趣。芙蓉城的地基相传是西王母大发慈悲,用香灰在水面炼成的:城中从来不敲五更,因为敲了便会沉没;不信,掘地三尺便可见水,好像历城一样到处都是水源。这儿的土壤很肥沃,一年计有三次收获;今天割了麦,明天便插秧,眼见黄金换成翡翠。这儿也许冷,但冷得不让结冰;也许吹风,但不准沙石飞扬;也许有尘埃,但不致污秽你的美容;这儿云多,云多是这儿的光彩——"锦屏云起易成霞",所以南边的邻省叫作"云南"。

芙蓉城对穿九里半,周绕四十里。从孟昶开端,城上遍植芙蓉,硕美鲜艳。"二十四城芙蓉花,锦官自昔称繁华。"城中古迹要数文翁兴学的"石室",君平算命的卜肆,扬雄的"子云亭"和他抄《太玄经》的洗墨池。

西郊外可寻访相如的古琴台,在市桥西岸,也就是文君当垆涤器的地方。北门外可望凤凰山,满生着青蔚的梧桐。山旁有驷马桥,相如当日豪语道:"不乘高车驷马,不过此桥。"附近有昭觉寺,寺大僧多,古柏苍翠。明代的"和尚天子"曾在那儿选高僧辅佐诸王,可知名器的隆重了。

东关外有望江楼,不亚于黄鹤楼的举目空旷;前人有半边对字,缺少下联:望江楼,望江流,望江楼上望江流,江楼千古,江流千古。旁有一口古井，每个名士、每个游人都要取点井水来品尝：因为多才多色的薛涛的香魂潜没在井中，所以这水就香艳名贵了。江上顶好玩是端午的龙舟竞渡：名士、美人、观客，重重叠叠聚在江边；耳听火炮一响，龙舟鸣金击鼓奔向彩舫；忽然一只酒醉的水鸭从舫上飞下，群龙怎样奋勇也擒不住它。江水流到峨眉山麓，转变黑了，特产一种美味的墨鱼，相传是东坡洗砚台染黑的。

南郊不远就到武侯祠。祠有几抱大的古柏，传说是孔明亲手植的，恍惚像孔林的枯桧。这老柏有些灵怪，不逢盛世，不发青枝。祠内竹林修茂，气象森威；先帝的衣冠坟像一个山头，横斜着几株楠木。正殿上有副匾联：三分割据纡筹策，万古云霄一羽毛。殿旁古式的草亭里存放着空城计弹用的古弦琴，亭周题满了名句，还记得几字："问先生所弹何调，居然退却十万雄兵？"想司马氏见了，当如何懊恼。到如今依然祭祀隆重，时有过客瞻拜；庙宇重修，正梁是千里外运来的一根"乌木"。

南门口有一道长拱的石桥，很像颐和园的十七孔桥。"万里桥西一草堂"，逆流西上，行过很长的芦花小径，直通"草堂寺"。寺门很古雅，两旁题着"花径不曾缘客扫，蓬门今始为君开"，你见了必心中荣幸，充满了无边的诗意。石砌上的苔痕，垣墙外的野草，虬干的古梅，清幽的竹径，都是杜公从前的诗料。堂前有一方很深的池塘，塘内养着许多鱼鳖，有的白鲤已长到"丈大丈长"。如果你抛下一块面饼，那些鱼会成团起来吞食，嘴皮伸到水面有茶碗样大，吞起东西来"通通"地响。一个暮春晚上，杜公在池畔吟诗未成，忽觉青蛙叫得烦腻，遂用朱笔在蛙的头上点了一点，封它到十里外去唤"哥哥"——所以，如今草堂寺的

名家笔下的老成都

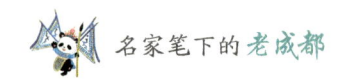

青蛙头上有一点红痣。逢到四月十九"浣花节",你可邀约良朋,泛舟到草堂,摆一台"浣花宴",醉酒赋诗,极尽雅人雅事。

出寺不远就到百花潭,又叫浣花溪:水涯竹木丛生,天然幽韵;这溪水用来濯锦,格外鲜明,薛涛曾取这水制造十色笺。"百花潭水即沧浪",后人因爱慕这名句,在溪边的柏林里年年春天举办"花朝会"。全省的花卉宝器都送到那儿赛会,远近的人都爱到那儿观赏。城内的戏园、茶社、酒肆、商场和音乐、武艺、球戏等娱乐都移到花会去。见天有成千成万的游客观花玩景:会场内笑声与管弦合奏,美色与名花斗艳。你可以到处游玩,有何首乌,有灵芝草,江安的竹器精巧玲珑,峨眉山的"嵋尖"清甜适口。

芙蓉,你的自然美妙,你的文艺精英,我还不曾描出万一。愿你永葆天真,永葆古趣,多长几片绿叶,多开几朵鲜花;别给楼高车快的文明将你污秽了,芙蓉!

1927年作

(选自《散文成都·芙蓉城》)

读与思

成都的名称有很多,但作者单单选用了"芙蓉城"这个称呼,对此你有何感想?文中作者以饱含深情的笔触记述了成都的多个名胜古迹。你知道这些地方分别是哪里,各有何特点吗?

成都三湖之桂湖

◎肖复兴

成都之北新都的桂湖、新繁的东湖，与成都之西崇州的罨（yǎn）画湖，并称成都三湖。三湖的风光，固然各有各的不同，但最重要的不同：三湖分属唐、宋、明三朝，也就是说，出成都城二三十公里左右，用不了多长的时间，便可以足踏三朝风云，横跨千年历史，领略往昔的烟雨迷蒙，把历史显影并定格于今天风景的山水与亭台楼阁的形态之中，将无形化为有形。在如此紧凑的地理区域里，可以浓缩这样的历史断代层，便如同看冰川，一眼望尽历史清晰而色彩纷呈的层叠，实在是别处难得一见的奇迹。所以，我说要看，必要三湖连在一起看，才有意思，才过瘾，才得要领，才获真谛。这是一部三集连台本的大戏，前应后和着情感与人物的种种细节和轨迹。

桂湖属明朝，在三湖中面积最大，湖面最开阔，号称"川西第一湖"。相传是杨升庵（杨慎，明代三大才子之一，字用修，号升庵）年轻时在这里的湖边遍植桂花树而得名，又有说桂湖是杨升庵的读书处，也有人说是他的故居。当然，这样的传说，本不必较真。

桂湖，最值得看的，其实不是湖，而是春天里大门口的紫藤、夏天里湖中的荷花和秋天里满园的桂花。荷花哪里都有，桂湖的荷花，赶不上北京北海和河北白洋淀里荷花的声势浩大。但桂湖里的紫藤和桂花却是别处哪里也比不了的。

名家笔下的老成都

紫藤　摄影：黄茜

　　那两架紫藤左拥右抱，纵横交错，长达近百米，覆盖面积四百余平方米。春天的时候，绿叶如盖，紫藤花如蝶飞舞，更似紫瀑倾泻，或似一条紫龙腾空，是园中最为吸睛的景象。在全国所有的园林中，我从未见过这样巨大的古藤，称之为紫藤中的"巨无霸"，应该是当之无愧的。同为明朝的古藤，与杨升庵、解缙并称"明代三大才子"的徐渭徐文长绍兴老宅里，他亲手种植的那架古藤，也难与之比抵。漫不要说徐渭没有杨升庵那样的骨气，投降在严嵩严党门下当走狗，而后又翻云覆雨，甚至连自己的妻子都杀了，就是古藤本身也难敌桂湖这样的铺天盖地的壮观。或许，花品里有人品，我忍不住想起美国生物学家迈克尔·波伦说过的："花的背后有一个帝国价值的历史，花的形状和颜色以及香气，它的那些基因，都承载着人们在时间长河中的观念和欲望的反映。"他称郁金香、百合、兰花，是植物界里的莎士比亚、密尔顿和托尔斯泰。那么，桂湖里的紫藤就应该是植物界里的泽畔长吟的屈原，起码也是和杨升庵命运相似的苏东坡，或是路谪八千的韩愈吧？

十多年前的秋天，我第一次来桂湖，正赶上桂花盛放。仿佛赶上了一场新嫁娘隆重的婚礼，花香馥郁，如同婚轿和贺喜的人群，从入门处开始，一直逶迤着，拥挤着，摩肩接踵，水流一样，弥散到园子里四面八方的角角落落。举目之处，身临之处，向往之处，处处都是桂花之香。金桂、银桂和四季桂，仿佛小姑娘、少妇和老夫人，齐齐地都跑进园中看新娘，个个裙袂叮当，衣襟带香，沾惹得空气中都是散不去的香味。我还从来没有闻过这样浓郁的花香，几近醉人。同别的花香相比，桂花的香味属于浓郁，要香就搅得周天香透，绝不遮遮掩掩，不屑于扭扭捏捏的小家子气和故作姿态的含蓄状，是花中的烈性子，迸发如潮，按捺不住，如烈酒。这一点，暗合了杨升庵的心性与品性。

想想，一座园林，有这样一种紫藤，有这样满园桂香，有这样一个硬汉子的杨升庵也实属难得。

（选自《成都三湖》）

读与思

工笔细描＋泼墨写意＝风景胜地妙文——这是肖复兴先生这篇文章给我们的启发。你看，对于紫藤，作者就写出了三个层次：工笔细描表现藤之形，纵横对比突出藤之壮，借物喻人升华藤之品。再看，对于桂花，作家就不再工笔细描了，而是采用大笔写意的方式，用"仿佛赶上了一场新嫁娘隆重的婚礼"的比喻，将桂花浓郁、无形的香味表现得淋漓尽致。你体会到作者写作角度多变的妙处了吗？有机会的话，亲自去桂湖看一看，感受一下"川西第一湖"的魅力吧。

青城山纪游

◎袁昌英

十七号早上,天霁了。大家欢欢喜喜束装上青城山。八乘滑竿,连人带行李,熙熙攘攘,颇是个有声有色的小小军队。一路上,天气清丽,阳光温而不灼,歪在滑竿上,伴着它的有节奏的动摇,默然收尽田野之绿、远山之碧。逶迤河流的银辉,实令人有忘乎形骸的羁绊以及与天地共欣荣的杳然之感。中途过了两渡河。也许是因为水流过急的关系吧,渡船驶行之法,颇不普通。渡船横在河上,有一根粗如拳的竹绳系在两岸的木桩或石磴上,另有一粗竹绳,一端系于船尾,另一端则以巨环套在横绳上。于是船上只须一人掌舵,任东任西,来去十分自如。如此,不仅船本身不受急流冲跑,人工亦减少过半。我常觉得四川人特别聪明,好像无论遇着什么环境都应付自如。

青城山远不及峨眉之大之高之峻拔之雄奇。然而秀色如长虹般泛滥于半空,清幽迎面而来,大有引人直入琼瑶胜境之概。至于寺宇的经营、林园的布置,其清雅则又非一般寺院可比。小小亭榭,以剥去粗皮的小树造成,四角系以短木,象征灯笼,顶上插以树根象征鸟止,完全表现出东方艺术的特色。我们在这里觉得造物已经画好一条生气蓬勃的龙,有趣的诗人恰好点上了睛,就是一条蜿蜒活跃的龙,飞入游人的性灵深处,使他浑然与之同乐了。东方的园林艺术是与自然界合作的,是用种种极简单而又极相称的方法,来烘托出宇宙的美、山林的诗意、水泽的微情的。

第七章　山水之间

青城山　摄影：刘国兴

西方的山水常有令人感觉天然与人意格格不入、人意硬夺天工的毛病。西方的山水，很是受"征服自然"的学说的影响。因而吃亏不少。

天师洞的腊味、泡菜、绿酒，非常可口。晚饭后，山高风厉，寒气不免袭人。我们八个同伴于是又令人焚起熊熊的炭盆，一面剥着落花生，嚼着油炸豆腐干，一面大摆龙门阵（四川人称谈天为摆龙门阵）来，笑声送入的梦也来得异样甘香。

十八日为得要赶回成都的缘故，一清早就带着滑竿赶上上清宫。中途经过朝阳洞，洞只是一个宽而不深的大岩窖，里面摆着几座菩萨，朝下可以收揽很远的田野，清晨可以看日升的名胜而已。可是靠山的绿荫里面有一栋小小的别墅，蓝窗红门，上有瓦顶，下有地板，倒是十分有趣，很有点像枫丹白露宫的皇后农庄，可谓贵而不骄、朴实而风雅的人间住宅了。

名家笔下的老成都

到了上清宫，满以为可以一瞻名画家张大千先生的风采，借此可以在他的笔里见到青城山更深一层的神韵。不幸他下山了。只得用自己的俗眼，去欣赏了一番青城山的全景，另外买了一张大千命笔的画，聊以慰情而已。画为平坡上一棵大树，树下迎风立住一诗人。画石题字云："人洁心无欲，树凉秋有声，高天日将暮，搔首动吟情。"

由青城山岭乘滑竿一直回到灌县，为时不过一两个钟头，在路上同样舒服而静穆。

1940年6月10日完稿于四川乐山城郊警报声中

（选自散文集《行年四十》，原题为《成都·灌县·青城山纪游》，有删减，题目为编者所加）

读与思

你注意到作者的写作时间了吗？是的，1940年，正是抗日战争时期。在袁昌英先生一行从青城山回成都的当日晚上，他们就遭遇了日军猛烈的空袭，差点失去生命。在这样的背景下，我们再来看这篇《青城山纪游》，是不是觉得他们特别令人佩服？——哪怕是在生死悬于一线之际，也泯灭不了他们对美的欣赏以及对祖国山川、文化和同胞的深沉的爱。因此，作者才会在空袭的警报声中写下这篇游记，这也是中国人不屈不挠精神的证明啊！阅读时，多关注写作背景，会带给我们更深的阅读体验和收获。

第七章 山水之间

底片：成都的宽窄巷子

◎叶延滨

　　宽窄巷子名声很大，现在成了成都民俗文化的名片之一。我在成都生活多年，紧挨着窄巷子的斌升街、西胜街，曾有我六十年前在成都的家。宽窄巷子经过重建进行商业打造成为观光景区后，我还没旧地重访过。这一回属于"工作访问"，也就像一个认真的观光客，闯进了宽窄巷子。闯进去，颇感意外，宽窄巷子如此生气勃勃，商贾云集，文化气氛浓烈。高档会所、公馆餐饮与下里巴人的"三大炮""酸辣粉"小吃接踵比肩。当年在《星星》出入的青年诗人翟永明、李亚伟、石光华的西式酒吧、川菜餐馆和他们的诗名一样声名显赫，迎接一拨又一拨外国名流与本土食客，成为此地的文化名片。川剧折子、盖碗香茶、变脸、书法、会所小聚……几乎所有的成都商业文化和市井消费，在此拼接、混搭，上演一出成都的民俗大聚焦。这里我感到一种扑面而来的城市欲望，成都人的聪明，成都市井文化的斑斓，成都人丰富而多样的生活情趣，都在这里得到释放和舒展。这是一个在"旧底片上重新描绘的新市井"，走在水磨石板砌成的巷道上，我的记忆钻进了另一个窄街宽巷。20世纪50年代，老成都那些与宽窄巷子为邻的街巷，当地人叫"少城"。"少城"曾是清朝八旗子弟在成都的聚居地，因此这些街巷里多建有达官贵人的宅子……

　　我现在还能清楚记得，我在成都最早的家，是在窄巷子东头的斌升街。那是一个有门面的宅子，只是里面的院子改成了宿舍。

在斌升街住的时间不长,留下来的记忆是夜晚巡街的值更人敲击的梆子声。不久搬到与宽窄巷子并排为邻的西胜街一处公馆。这是一所富豪宅第,新中国成立后,老主人离开了,宅子被政府接收。宅子老主人肯定曾十分风光。两进的两个大天井,还有下人的小院和宽如操场的后花园。前面的天井,原先就像是办公的地方,有大客厅、小客厅、书房、写字间。房高檐阔,檐下是一根又粗又高的柱子,红漆刷过,立在天井四周,如卫士守着天井中的大花坛。花坛正中种着一棵大铁树,四周开满了美人蕉。花坛四周摆四只石雕大鱼缸,早没有鱼了,水还满满的,说是防火。这是母亲上班的地方,我只进去过一两次,觉得阴沉沉的,一进去就像爬在墙上的小壁虎,怯怯然。我们住在后面的小天井里,三家人,住了三厢,剩下一厢,好像用来当了库房,总挂着一把锁。

搬进西胜街这处旧宅里,我才有了自己的家。全是木结构的住宅,雕花玻璃,红红蓝蓝,好看。成都多雨,老宅潮湿,青苔绣绿了石级和小路。屋门外有一丛含羞草,长得出奇地茂盛,有我一半高。轻轻一碰它,它就整个瘫倒在地上,像《宇宙锋》里的梅兰芳。那时候到处都贴着这张电影海报。以后再没见过这么繁茂的含羞草。大概院子闲了多年,没有人来打扰它,它就自由自在、精精神神地长得不合规格了。

平时我们姐弟依然不在家,姐姐住学校,我也住学校,只有放假了,大家才回到这个家来。母亲依旧很忙,那时这里没有通公共汽车,母亲骑着一辆自行车,常常不是她把别人撞了,就是别人把她碰了。这里给了我许多温暖,让我记住这个家。放假了,我常常独自在家。母亲会留下作业,同时把一个杯子反扣在桌上,里边放着她留下的东西。"做完了作业再看。"我总是按她的要求，一边做作业，一边张望那杯子，好像那是母亲守在身旁。我做完作业就急忙掀开茶杯，里面会有一块点心，或是几块糖，有时会有一张电影票。看电影是一件奢侈的开心事，若是夜场，则有几分害怕。最近的电影院是人民公园对面的四川电影院，从家去影院没有公交车。看完夜场从影院出来，人民公园到将军衙门是大马路，过了将军衙门就拐进了小街窄巷。深宅高墙，昏暗的小路灯把影子拉长又缩短，缩短又扯长，叫人想到那些宅子里的鬼故事……

至今在我记忆中的宽窄巷子西胜街，最清晰的还是：深宅高墙，昏暗路灯下，飘移着忽长忽短的人影儿。

如今这宽窄巷子，灯红树绿，活色生香，牌匾文雅，肉案俗美，空气中弥漫着咖啡味、花茶味还有火锅味，显出成都俗得可爱的情趣，大概历史上的盛世市井都会有这般景象。老百姓过得滋润，是值得庆幸的事情。我写下对老成都"少城"宽街窄巷的一点记忆，当作岁月的发黄的底片，以烘托可爱的成都今天的多姿多彩。

（选自《散文成都》）

读与思

底片指摄影时使用的胶片。作者将过去的宽窄巷子比作发黄的底片，以此来凸显现在宽窄巷子的活色生香。作者细致地回忆了曾经的宽窄巷子旁的家，这所老宅子曾经"房高檐阔"，十分豪华，后来却充满了颓败的气息，但是因为它是自己的家，在破败之外，还另有一种生机与温暖。你读出细节中的对比来了吗？

群文探究

1. 这一章里写了成都那么多可爱的地方，它们各有特点。如果让你给这些景点按最高五星的标准评星，你会给它们几颗星呢？如果请你给每个景点写一句颁奖词，你会怎么写？

景点名称	星级评价	颁奖词

2. 这一组文章，一定有一些特别的地方让你欣赏，或是有一些疑问让你困惑。你可以把本章你喜欢的文章配乐朗读后，放在"喜马拉雅"网站或其他媒体上，让更多人欣赏；也可以记录下自己的困惑，再与读过的伙伴们交流交流。

我想朗读的文章是：_____

我的困惑是：_____

第八章　舌尖上的川味

漫洒鸳锅椒一斗，灼息翻滚乱丝柳。

汹汹沸水血红浪，铁碗盛来当烈酒。

　　"民以食为天"，成都是全国有名的美食之都。川菜是中国四大菜系之一，以"尚滋味，好辛香"和"一菜一格，百菜百味"著称，其别具一格的烹饪方法和浓郁的地方风味享誉海外。"食在中国，味在四川"，麻婆豆腐、夫妻肺片、宫保鸡丁、东坡肘子、回锅肉、赖汤圆、龙抄手、钟水饺、三大炮等经典川菜及小吃，都是人们的最爱。

　　独特风味的川菜，林林总总的小吃，百年流传的菜肴传说故事，都足以让美食成为成都的名片，让人魂牵梦萦、流连忘返。

扫码立领
★ 名师朗读
★ 美文微课
★ 城市印象
★ 老城记忆

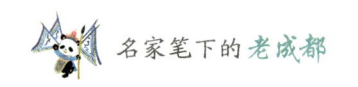

华兴正街的滋味生活

◎流沙河

梓潼桥正街南口，右拐是华兴正街，进入繁华街区了。如果两家药铺和一家茶叶铺以及一座茶园都视为"食品店"，那么这里真是吃食一条街了。成都人之好吃，到此街而定案，再无争议。妙的是一家药铺是李记天福堂，制售阿魏丸，专治"积食症"——吃得太多，胀出病来。那些美食店堂，招牌太多记不住，品种太繁想不起，恕不一一介绍。

与一个非富家子弟的中学生有关系的仅仅两家，兹分述之。一家是"六六豆花面饭馆"，在商业场北口斜对面。豆花素面放炒黄豆、熟油辣子、大头菜颗，入碗豆花极嫩。豆花素饭，一方块稍老的豆花单独盛入小碗，放辣酱、花椒、葱花，非常下饭。两者皆价廉，顾客甚拥挤。另一家无店铺，设摊位在"六六豆花面饭馆"对面的高墙下，专卖泖（mǎo）饭。沸汤泖，冷饭即熟，捞入碗中，放芽菜一撮，撒葱花几朵，挑猪油一勺，最宜车夫、小贩、学生图个方便。"泖饭"一词见于《大宋宣和遗事》，沸汤烫熟曰泖。今人不文，招牌皆作"冒饭"。不敢笑他们，他们是多数。

华兴正街不可漏说的是悦来戏院（今悦来茶园）。最初就叫悦来茶园，是一座茶园型的剧场，落成于宣统元年（1909）。茶园型的剧场，戏台三面敞开，向前凸出。戏台下的前池、左池、右池，密密摆置茶桌。一桌镶配五把椅子，可坐五人。茶桌三面包围戏台，观众就从三方看戏。前池座位票价高些，左池座位、右池座位票价低些。其格局犹存宋代瓦肆勾栏的模样。有与异者，前池、左池、右池之上又有楼厢，专坐女宾，以免混淆。楼厢连成凹字之形，又似庙宇剧场。

成都悦来戏院（拍摄于1998年）　摄影：陈先敏

（选自《老成都·芙蓉秋梦》）

读与思

流沙河先生在《老成都·芙蓉秋梦》再版序里谈道："我爱成都，爱成都的历史。我有幸生于斯，读于斯，笑于斯，哭于斯，劳役于斯，老于斯。"所以，对老成都的记忆，他才如此深刻而感性。

如今的华兴正街美食店林立，流沙河先生笔下的"六六豆花面饭馆"已消失不见，但从悦来茶园出来，走进任何一家川菜馆，叫上一份麻婆豆腐，那都是相当正宗的。你可以到这条街道走一走，吃一吃，感受这条街和成都的滋味生活。

名家笔下的老成都

鱼翅与花椒

◎ [英国] 扶霞·邓洛普

一

　　成都就是个特别温柔的城市了。这里的生活不是整天同天气与陡峭的山坡做斗争，而是一场甜蜜懒散的美梦。菜里的辣椒也放得没那么"暴力"，只是要唤醒和刺激味觉，让它活跃起来，去感知别的丰富滋味。调味还有点暗暗的甜，加上豆制品发酵后的腥香，或者一点点芳醇的陈醋酸味，勾引诱惑着你，让你满心欢喜。成都的川菜，完全没有外国人成见中的那些原始和粗野，而是一点一点地挑逗着你，曲径通幽，去往极乐之旅。

二

　　至今我仍然记得那顿美餐的每一个细节。凉拌鸡，加了酱油、白糖、红油和花椒面；豆瓣鱼，加了豆瓣酱、葱、姜、蒜；切成花刀的猪腰，刚好一口一个，刀工相当考究，和芹菜泡椒一起大油爆炒而成。还有所谓的"鱼香"茄子，是我吃过的最好吃的菜之一：亮闪闪的茄子拿深红色的辣味酱料一炒，虽然没有用到鱼，但那引人垂涎的酸甜味儿还真是有点鱼香。这可是我闻所未闻、见所未见、吃所未吃的中国菜，大开眼界啊大开眼界。

三

天气比较热的夜晚,我们沿着校外的河岸闲逛。河边的梧桐树下,一个个"坝坝馆子"争先恐后地冒出来。灯泡挂在树上,灯光忽明忽暗;蜡烛插在啤酒瓶里,烛影摇曳闪烁。我们会在梧桐树下一坐就是好几个小时,大口喝啤酒,小口啃猪耳朵,咬一口脆生生的藕片,把新鲜的煮毛豆从豆荚里"噗"地挤出来。我们周围全是人,懒洋洋地躺在竹椅中,大声笑闹,用四川话摆龙门阵;有的还划拳(风靡一时的类似"剪刀石头布"的游戏),兴奋地叫喊着。头顶的树梢上蝉不停聒噪着。

四

我还记得有一次听广播,一位年轻的女主持如数家珍地说着成都很多餐馆里的特色菜,听那语气就像在流口水,充满了愉悦与贪婪。她絮絮叨叨地报了一大串菜名,带着喜爱之情描述着味道和口感("嚯哟,那个毛肚哦,爽脆得很!")她不时地发出感叹的气声,充满欣赏与激动。她很显然是控制不住自己了。这种人我在四川见得太多了。就像一个厨师朋友跟我说的,成都人个个都有一张"好吃嘴"。

五

四川人的热情和随性是出了名的。我偶遇陌生人就被邀请去吃晚饭的次数真是数也数不清。一个难忘的下午，在岷山饭店的后街，我跟一个卖烤鸭的人闲聊着。他用饴糖和醋给鸭子擦了身，然后放进一个拱形的砖土炉子里烘烤。鸭子一边烤着，我俩一边聊天，不一会儿他就邀请我去他投了资的一家餐馆吃饭。之后的多年，只要我骑着车经过，他就要跑出来跟我聊一会儿，往我手里塞一罐专门给我留的咸菜或者豆腐乳。

六

那种温暖和慵懒能融化任何英国式的刻板僵硬，如同阳光下的黄油。初到成都的时候，我的心还如同一个紧攥的拳头。除了食物，我几乎无法和当地人交流其他。然而，随着日子一天天悠闲而过，我感到自己慢慢放松了。小半辈子了，我还是第一次卸下所有的责任与期待，生活变成了一块白板。

（选自《鱼翅与花椒》）

读与思

在从早到晚的烟火气中，在一粥一饭里的人间温情里，你对成都的"食"文化一定有了一些初步的体会。那么，你有何感受，又有什么问题呢？请写下来与老师、同学交流一下。

我的感受：_____

我想探究的问题：_____

_____

花会灯会中的小吃

◎车 辐

每当花会会期（农历二月），青羊宫、二仙庵（今文化公园）凉粉摊子上，总配合有打锅魁的。手艺熟练的师傅，头缠青纱帕，腰系蓝色家机布围腰，大襟大袖衣装，脚穿线耳子草鞋，仿若《草莽英雄》里的打扮。拿起擀面棒，在案板上啪啪叭叭地打出长短间歇的节奏，目的在制造卖锅魁的气氛，因为有音响，才能以广招徕(lái)。左手捏面团，右手拍打，捏匀称时，擀面棒急打——"嗒嗒嗒嗒——砰"的一声。这最后一声"砰"，乃是将捏在手中之面捏成圆形后向案桌上压下去，发出一个柔中带刚、刚中带柔的悦耳之声。一长串的凉粉摊，加上配套营业打锅魁鞭炮似的声音，你的肚子有些饿了，来赶花会与灯会，你荷包里也准备有花上几文的小吃的零用钱，由拍打不断的声音，使你想到才出炉子热腾腾的锅魁夹凉粉，那味道是如何诱惑人！

凉粉摊子在会期中，摆成连营成阵，煞是热闹，不断地打锅魁，以壮声势。"洞子口"的凉粉，用的订烧的蓝花碟子，中间略带拱形，上放用刀切薄的荞(qiáo)、白两种凉粉。荞凉粉呈深绛色，配一串白而发亮的白凉粉，色彩上的对比，让人感受上就舒服，目的在勾人食欲。然后再用小碗放入极富魅力的佐料，调和以成都特产的红酱油、熟油红海椒等。

花会凉粉凉面摊子上，摆一排江西瓷蓝花的大品碗，煎满川西菜油的红油，内放几个大核桃。红亮亮的油浸上几大碗，给人感受很舒服,且莫法进嘴了。这种川西平原上的菜籽油,远非花生油可比。成都人是吃这种菜籽油长大的,他离开成都到其他地方一尝花生油,比较之下,自见高低。

青羊宫老君殿降生台两侧,有专门卖红糖心子的粉子泡泡汤圆。这种比较原始做法的汤圆,在乡下很流行。心子一般是红糖,包好后放入箩筛米粉中滚来滚去,一面洒水,像滚雪球一样,使其越滚越大,大于赖汤圆、郭汤圆一倍以上。煮在大锅里又有所膨胀,四个一碗,足足可抵花会上有名的"三大炮"一盘,一碗分量可当一般汤圆一倍,价廉物美,最为各县来赶花会的欢迎。

最有特色、引人注意的是打得乒乒乓发响的"三大炮"。最初"三大炮"的出售形式,是将装一个大锅的糍粑放于右手,下面有炉子保温。来客一位,由操作者用手挑一些油脂在手心内抹擦,然后以手去扯糍粑,按每人分量,将糍粑分成三大坨,丢入中间一个抹了油的方掌盘。中间留出抹了油的"通道",两边则堆放黄铜食盘(不用陶器,防打烂),糍粑经"通道"将黄铜食

成都名小吃三大炮

盘震动发出声音，同时也将方掌盘震动得发空响，声若放炮，这种音响效果称为乒乒乓"三大炮"。最后滑入一个大簸箕内，里面装了打磨细致的、营养丰富的黄豆粉，糍粑下去，由白裹成黄色，最后将三个"穿了衣"（黄豆粉）糍粑，放入黄铜盘子，浇上红糖水，完成"三大炮"的全部过程。

"三大炮"实际上就是"红糖糍粑"，人们不喊"红糖糍粑"而喊"三大炮"，是抓着它的特点：乒乒乓三次响声——音响效果。

面食类具有完全地方特色的是甜水面，名列前茅，其次红油素面、碎臊面、担担面，还有一种豆花馓子面，外加酥黄豆、大头菜颗子。老早是从嘉定（乐山）传来，因它调料别致，很快就在成都传开了，成都人给它加了工，再加点油酥花生，洒点竹筒里的花椒面，起到画龙点睛之妙。如花会在农历二月十五日老君会后天气渐热，就可以在花会尾期吃到应时的酸菜臊子面、清汤金丝面了。

（选自《文化人视野中的老成都》，有删减）

读与思

成都灯会是四川省非物质文化遗产。它从东汉开始萌芽，经唐、宋后形成民间风俗——每年元宵赏灯。赶花会是成都人迎接春天的仪式，所以花会、灯会时，大家都跑出来玩，文中写花会、灯会中的小吃，你是不是流口水了呢？

成都有各种各样的小吃，赶快到成都美食店里选择你喜欢的小吃品尝起来，了解或阅读与成都小吃有关的书籍。做一做你喜欢的小吃，和家人一起分享。

名家笔下的老成都

老成都的市声

◎绍 熹

市声像一幅五光十色的生活长卷，对从那个时代过来的人，就像寻到了过去的梦……

老成都也有各种各样的市声。记得当时那些小食不仅种类繁多而且价格极低，销售的方式和今天大不一样，打竹板的、敲铜锣的都有，但多数还是沿街叫卖，其声调高低、节奏疾徐各具特色，高昂者如飞瀑泻地之迅猛，低沉者如白云出岫（xiù）之舒缓。从早到晚，从春到冬，它们组成了一首都市的交响曲。

每天，天刚亮就从街上传来阵阵拖长声音的叫卖："白糕热白糕……""油茶——吃哩……""大麻花，脆麻花，又香又甜的脆麻花，又香又甜的酥饺子……"

在众多小贩的叫声中，给我印象较深的是一个年约三十多岁的汉子，紫膛脸，头上裹着川西农民常见的白帕，脚穿丝耳子草鞋。一副木桶让他髹（xiū）成上红下黑，一头上面有一个精致的木架，上面装着各种瓶子，里面是调料；另一头装一口瓷缸，缸里豆花用布包的盖子严严地盖着。汉子每天上午大约十时来，他唱道："糖豆花，辣豆花，又麻又辣的豆花哩……"声音底气很足，余音绕梁，如黄钟大吕，乳虎啸谷，以至当年居住少城一带高楼深院的人都清楚地听到他洪亮的声音。那豆花的滋味以及那汉子的叫卖声使我至今难以忘怀。

当年卖东西的小贩也有不少女性。记得卖蒸蒸糕的就是一位大姐,每天她总是要到晌午才转到我居住的街上来,红泥小炉中,炭火正炽(chì),木制的莲蓬模子上不断冒着白汽,锅里水翻滚着,盖边泛着像螃蟹吐气那样串串泡沫,"蒸——蒸——糕,卖哩……"声音清脆、响亮,像一颗颗光滑圆润的珍珠。

在所有的叫卖声中最动听的要算卖香油卤兔的了。天刚黑尽,就听到从小巷深处传来"香油卤、卤、卤、卤兔呵……"声音如川剧的高腔,悠扬而宛转,开始三字急促泻出,中间戛(jiá)然而止,稍作停顿后,"卤"字却像字花子那样一个个吐出,最后留着长长的尾音在深巷中回旋。

叫卖声每天就是这样近了,又渐渐地远了,消失在温馨的夜色中。

来得最晚的要算卖担担面的,那差不多是戏已散尽快要到三更天的时候。"担担面……"在寂静中声音传得很远,担子前燃着四个油壶子,明亮的火苗在黑漆漆的深巷摇曳,于是在街面上便留下小贩长长的脚影……

(选自《市民记忆中的老成都》,有删减)

读与思

"市声像一幅五光十色的生活长卷,对从那个时代过来的人,就像寻到了过去的梦。"你能理解作者要表达的情感吗?文中写了几种市声,各有什么特点?你也学着吆喝几声,感受一下老成都街头巷尾的市声韵味。今天的生活中,你还能听到哪些市声?是什么样的?像作者一样写进文章吧。

名家笔下的老成都

成都"盆景"

©肖 平

　　成都的冬天阴郁潮湿，很多没来过成都的人，冬天一到成都就喊冷得受不了，像掉进了一口寒冷的地窖。其实成都冬天的温度并不可怕，连零度都很难到达，关键在于这儿的冬天空气湿度特别大，老给人黏糊糊、阴丝丝的感觉。

　　当然成都人是不畏惧这样的天气的，因为他们有那么多名目繁多的火锅可以吃。所以一到了冬天，成都的火锅生意就特别好，几乎家家到了傍晚，都是顾客盈门，连停车都找不到位置。刚进店的时候还冷得打哆嗦，可是服务员把火锅下面的火口一打开，看着漂浮在汤面的红辣椒慢慢冒出热气并开始翻滚，你身上的衣服就穿不住了。开头几筷子，辣椒的辣味还没有渗入汤中，所以并不觉得可怕；可是随着时间的推移，满满一锅辣椒的味道都被煮出来，吃的人便开始出汗，大声朝服务员喊："纸巾！再来点纸巾！"一张用来揩额头上亮晶晶的热汗，一张用来擤鼻涕；接着再吃下去，舌头就麻木了，只知道张着嘴"呼呼"地吹气。进去的时候，一个个裹紧衣服，缩头缩脑；出来的时候，却全都变得红光满面，走在街上的冷风中，头上仍然热气缭绕。

　　成都冬天还流行一种叫"串串香"的小火锅，它的桌子凳子比一般的火锅矮半截；菜也不是用盘子装，而是事先被穿在一根长长的竹签上；客人拿住签子的一头，把菜放进火锅烫熟，然后连签子一块儿拿出来，像吃羊肉串那么吃。串串香价格极便宜，吃完了数签子结账。

黄昏时分，成都稍微宽敞一些的串串香店都在街边摆上这样的矮桌子。顾客中既有开奔驰、雅阁的，也有骑自行车、蹬三轮的。大家矮矮地围住一口火盆似的大锅，膝盖几乎和胸口平齐，吃得是大快朵颐，连声叫好。吃相最好看的是化过妆的成都女子，她们噘着一张红艳艳的樱桃小嘴，一怕烫，二怕热气弄糟了脸上的脂粉，因此往往是翘起兰花指，把串串送到嘴边，然后用牙缝把竹签上的土豆片呀、豆腐干呀之类的东西叼下来，再用舌头卷入嘴里。尽管吃得这么文雅，吃完了仍免不了花容惨淡，需得拿出镜子和化妆品补妆，才敢上路。

（选自《成都物语》，有删减，题目为编者所加）

成都火锅　摄影：吴阳

读与思

成都人一个月不吃火锅就会受不了，那你知道成都人为什么喜欢吃火锅吗？快来成都品尝火锅，从火锅的产生背景、传说故事、做法、吃法等方面研究火锅吧，感受成都人火辣辣的生活。

群文探究

1. **"好吃嘴"大发现**：中国有八大菜系，请你通过阅读书籍、走访调查、实地体验等方式，将川菜与其他菜系做对比，看看它们有什么不同。

菜系	特点	不同
川菜		
鲁菜		
粤菜		
苏菜		
浙菜		
闽菜		
湘菜		
徽菜		

2. **制作成都美食地图**：在成都的街头走一走，阅读相关书籍，帮助你初来成都的伙伴快速寻找美食。请你选择某个景点或某一条街，制作一份美食地图。

第九章　蜀风蜀韵

太阳出来啰儿，喜洋洋欧啷啰，

挑起扁担唥唥扯，哐扯，上山岗欧啷啰。

　　大家常说："成都是一座来了就不想走，走了也还想再来的城市。"可见，在成都安居的生活是多么自然自得、有韵有味。数千年的历史传承与积淀，使成都彰显与众不同的文化特色和精神气质。体现浓浓蜀风蜀韵的节日习俗、风物传说、茶馆特景、语言艺术等，与成都悠久的历史密不可分。本章将带你品味老成都的民俗风情，打捞老成都的记忆，感受老成都生活的独特韵味。

扫码立领
★ 名师朗读
★ 美文微课
★ 城市印象
★ 老城记忆

成都的茶馆

◎易中天

有一句老话：北京衙门多，上海洋行多，广州店铺多，成都茶馆多。的确，茶馆是成都的一大特色。

成都人爱茶，爱茶馆，爱进茶馆。这种爱不是一般二般的爱，而是带有一种近乎痴狂的热忱。如果要把普天之下的茶客排个座次，那么成都茶客无疑是第一位的。常言道，"柴米油盐酱醋茶"，这七个字到了成都茶客那里是要倒起来念的。正宗的"老成都"，往往是天刚麻麻亮，便打着呵欠出了门，冲开蒙蒙晨雾，直奔热气腾腾人声鼎沸的茶馆。只有到了那里，他们才会真正从梦中醒过来；也只有在那里，先呷一小口茶水漱漱嘴，再把滚烫清香的茶汤吞下肚，才会觉得回肠荡气，神清气爽，遍体通泰，真正活了过来。

成都的茶馆除了茶客殷勤，可堪一流，在茶具的配置上也别具一格，最有特色的要数"盖碗茶"。所谓"盖碗茶"，包括茶盖、茶碗、茶船子三部分。茶船子又叫茶舟，即承受茶碗的茶托子，相传是唐代德宗建中年间（780—783）由西川节度使崔宁之女在成都发明的。因为原来的茶杯没有衬底，常常烫着手指，于是崔宁之女想出用木盘子来承托茶杯。为了防止喝茶时杯易倾倒，她又设法用蜡将木盘中央环上一圈，使杯子便于固定。这便是最早的茶船。后来茶船改用漆环来代替蜡环，人人称便。到后世环底做得越来越新颖，形状百态。一种独特的茶船文化，也叫盖碗

第九章 蜀风蜀韵

大慈寺里的茶馆　摄影：陈琼

茶文化，就在成都地区诞生了。之后，这种特有的饮茶方式逐步由巴蜀向周边地区浸润发展，直至遍及整个南方。

明媚的早晨，缓步踱入茶馆，俯身往竹椅上一靠。无须多时，便有伙计托着一大堆茶碗来到桌前。抬手间，茶托滑到面前，盖碗咔咔端坐到茶托上。随后一手提壶，一手翻盖，一条白线点入茶碗……

（选自《易中天读成都》，有删减）

读与思

有民谚说："成都是个大茶馆，茶馆是个小成都。"在成都，"茶馆"是一个有家园意义的地方。到成都大街小巷里的茶馆去坐坐，感受当下茶馆生活和成都人生活的惬意。

老成都原来这样过年

◎艾 芦

老成都有句俗话："要吃好的过新年，要穿新衣嫁那天。"当年贫家儿女的愿望如此卑微而简单，今天的青年是难以想象的。过年，对于锦衣玉食的达官贵人、豪绅巨贾意义并不大，因为他们几乎天天都在"过年"。所以说，过年的喜庆与欢乐乃在民间平民百姓之家。

冬至刚过，不少人家开始腌（yān）腊肉、装香肠、晾红萝卜干，一块块、一串串挂在门前。腊月初八吃"腊八粥"，十六"倒牙"，年关越来越近了。市面熙熙攘攘，行人慌慌忙忙，生活节奏无形加快。各家商店堆满货物"大拍卖"，"年关在即，止账候收"的公告贴在醒目处，慈善会开始一年一度地发放"钱飞子""米飞子"给穷苦人。

腊月二十三日"祭灶"前几天，大街小巷就响遍卖"灶马、灶述"的吆喝，糖果店的杂糖比往日卖得多；走街串巷卖白麻糖的小贩，手上敲打的"叮当"更加响亮。白麻糖是"祭灶"不可缺少的供果，它是用来粘"灶神老爷"嘴巴的。当晚二更左右，家家关门闭户举行"祭灶"仪式。

但见红烛高烧，香烟缭绕；天天在厨房忙碌的主妇向"灶神"祈祷，希望他"上天奏善事，下地降吉祥"。仪式刚完，旁边早已等得不耐烦的娃娃们，伸出手向供果进攻。次日打扫扬尘，室内外扫得干干净净，贴上喜门钱、门神、春联，"福"字倒起贴，表示"福星"来到之意。扯响簧的"嗡嗡"声此起彼伏，还有不时传来的闹年锣鼓，敲得娃娃们心里发痒，纷纷跑去围观；这一切，为"迎新送旧"奏起了欢乐的序曲。

腊月底吃"团年饭"是一年里最为隆重的时刻，杀雄鸡煮刀头，供祖先；桌上的菜肴比平时多几倍，八大碗中必须有鱼，取"年年有余"之意。这种聚餐，是老百姓一年中的最大享受。然而也有许多家庭一碗回锅肉、一盆萝卜汤、半斤烧酒、一锅干饭就"团年"的。

除夕别有一番情趣。中产之家比较讲究，堂屋正面点起一对大红蜡烛、三根粗大的香，中梁下吊一盏灯，门外高挂一个红灯笼，里里外外红成一片。夜深，"辞年"开始，儿女辈赶忙拿出草蒲团跪下向老一辈磕头、祝福，双手接过"压岁钱"，欢天喜地压在枕头下，"压睡"谐音"压岁"。

睡前洗足期待来年交"好运"。年终"守岁"一般是大人的事，娃娃们逞能争先恐后要参加，用掷"升官图"之类的活动消磨时光，从"二等兵"升到"总司令"很不容易，不到两盘，眼皮就合上了，只好去睡。次日，从阵阵鞭炮声中醒来，起床后首先向老辈磕头拜年。说"四季发财"，又得一个名曰"进财喜"的红包。

娃娃们从头到足一身新，包包里有钱，出门玩耍随心所欲。邻里之间互道"恭喜发财"，相赠礼物；我给他家一把花生，他给我家几块糖，礼轻情义重，一切显得那么和谐、融洽。逢上天气晴朗，青少年们邀约一起"游喜神方"，不外乎南门外武侯祠、东门外望江楼、北门外城隍庙，无论走到哪里，尽是人山人海。中老年人乐得在家清静，有吃有喝，谈天说地，或打牌，或下棋。他们为谋生而一年累到底，难得有几天得闲。

成都市川剧研究院成都大庙会"游喜神方"仿古祭祀表演

　　正月十五闹元宵，从东大街到盐市口家家商店门前彩灯高挂，五花八门无异于自打广告。还有民间组织的龙灯、狮灯队穿梭往来异彩纷呈；万人空巷到东大街一带看灯会，成了当年的一大景观。这类习俗直到抗战爆发才告一段落，给人留下美好的回忆。

　　十多天节日匆匆而过，留下一句老话："大人做生意，娃娃捡狗屎！"

（选自《市民记忆中的老成都》，题目为编者所加）

读与思

"游喜神方"是老成都的一种民俗，喜神方即喜神所在的方位。武侯祠内有一"喜神方"的大石块，每年春节，从大年三十开始，人们便到武侯祠三义庙，烧香祈福，敲响新年的钟声；特别是正月初一，武侯祠上演仿古祭祀大典。而成都人便会携家结友，出南门，踏访武侯祠，拜谒刘、关、张三兄弟和诸葛亮，祈求一年的平安吉祥，谓之"游喜神方"。

文章描写了老成都平常百姓从冬至腌腊肉到正月十五闹元宵的习俗和情景。将现在过年的习俗和以前过年的习俗相比，有哪些习俗延续下来了，有哪些习俗消失了？你更喜欢哪个时候的过年氛围，为什么？

童谣里的老成都

胖娃儿胖嘟嘟

胖娃儿胖嘟嘟,骑马上成都。

成都又好耍,胖娃儿骑白马。

白马跳得高,胖娃儿耍关刀。

关刀耍得圆,胖娃儿坐海船。

绘画:黄佳欣 余雨航 (成都高新区菁蓉小学)

指导老师:程琳皓 黄婷 魏艳萍 万一

西蜀景

一进东门天涯石，二出南门五块砖。
三桥九洞石狮子，青羊宫里会神仙。
唐家寺有八阵图，德阳孝泉出安安。
摇亭碑动金铃响，汉洲河水照连山。
好山好山真好山，枪打凤凰炮连天！

金银花

金银花，十八朵，
大姨妈，来看我。
猪抱柴，狗烧火，
猴子擀面笑死我。

张打铁，李打铁

张打铁，李打铁，打把剪刀送姐姐。
姐姐留我歇，我不歇。我要回家打毛铁。
毛铁打了三斤半，大人娃儿都来看。

读与思

成都流传着丰富多彩的童谣，比如民俗童谣、游戏童谣、景观童谣、绕口令、颠倒歌等，表达了老成都人对家乡的热爱和对平凡喜乐的生活的满足。读读唱唱这些朗朗上口的童谣，你能感受到老成都人哪些美好的愿望和情感呢？

群文探究

1. 民俗里的成都：成都每一个月都有相应的民情风俗。通过查阅资料、访问、调查等方式，了解一下老成都的月市有哪些习俗。将老成都和现代成都的习俗进行对比，看看有哪些保留了，哪些是新增加的。填一填下面的表格，并写一份关于习俗的调查报告。

老成都			现代成都	
月份	月市	习俗	月份	习俗
正月	灯市		正月	
二月	花市		二月	
三月	蚕市		三月	
四月	锦市		四月	
五月	扇市		五月	
六月	香市		六月	
七月	宝市		七月	
八月	桂市		八月	
九月	药市		九月	
十月	酒市		十月	
冬月	梅市		十一月	
腊月	桃符市		十二月	

2. 童谣里的成都：乡音乡情，方言是一个地方最美的声音。如果你是成都人，试着寻找散落的老成都童谣，并给它们创作精美的配画；用成都话朗诵童谣，并录制在自媒体平台，让更多人听到成都的童谣。如果你是其他城市的人，可以寻找自己城市的童谣，并为童谣配图，用自媒体 APP 宣传本地童谣，给老童谣赋予新时代元素，让它活起来。

研学活动：
大熊猫"都都"带你游成都

阅读了前面九章后，相信你透过文字对成都这座历史文化名城有了立体的认识：人文成都、诗意成都、魅力成都、幸福成都、神秘成都、滋润成都、和谐成都……这些"美"的印象一定深深地烙印在你的脑海。

读万卷书，不如行万里路。世界为教材，万物为课堂，一座城市就是一本书，希望你能近距离阅读成都，触摸成都，品味成都。看看可爱的"国宝"大熊猫、听听成都的川剧、尝尝成都的美食、赏赏成都的名胜古迹、走走成都的街巷和桥、听听成都人摆地道的龙门阵、逛逛成都的博物馆、坐坐成都的茶馆……有一种生活美学叫成都。《名家笔下的老成都》，带你读一座城，传承文化基因，接续成都文脉。

本章为你精心设计了四条有鲜明地方特色的主题研学路线：古蜀探秘、可爱国宝、名胜古迹、川剧川菜。和你的家人、伙伴背起行囊，来一场说走就走的旅行，在大熊猫"都都"的陪伴下开启你的成都研学之旅吧！

研学主题一：古蜀探秘

研学因由：成都是中华文明的重要发祥地之一；是一座历史悠

名家笔下的老成都

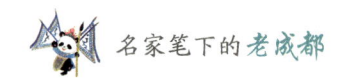

久、充满神韵的城市；是一座传承古蜀文明，以天府文化为内涵，富有鲜明时代个性的城市。宝墩古城、三星堆遗址、金沙遗址的发现，完整地展现了成都早期文明的发展脉络。成都独特的城市文化特色，鲜明的地域特征，在人类文明史和世界城市史上占据了一席特殊之地。

时光流转，沧海桑田，如今到哪里去寻找成都古代文化的踪迹呢？——博物馆里，藏着打开历史秘密的钥匙。让我们走进博物馆，来一场时光之旅，去寻找那些钥匙，寻找文明的密码。

研学路线：三星堆博物馆—成都金沙遗址博物馆—四川博物院—成都博物馆

研学活动：

1. 我是小小解说员

参观完这几个博物馆，神秘久远、灿烂辉煌的成都古代文化是否令你久久难忘？选取其中的某一个点位或某一个文物，写一写解说词，练习做小小解说员。解说前，你可以上网查一查资料，结合参观感受，将解说词制作成PPT，讲给班上同学听；也可以在博物馆现场讲解，录下视频分享给大家。

我选取的解说点位（文物）照片	我的解说词

2. 设计一款独特的文创产品

名胜古迹里往往有独特的文创产品：冰箱贴、明信片、扇子、丝巾，甚至还有大家爱吃的雪糕等。请你为某一个博物馆设计一款文创产品吧！想一想，如何将博物馆的标志性物品设计进你的产品中，如何设计才能打动游客的心。设计好后，可以利用美术课制作出你的文创产品模型，展示给同学们看。

我的博物馆文创产品设计稿

3. 评选"博物馆之最"

博物馆是活的历史。在对众多精美的展品啧啧称赞的同时，你是否在脑子里给它戴上了一顶"桂冠"？——"这是我看到过的最大的金面具！""这是世界上最高的青铜神树！""这是我参与的最有趣的博物馆体验活动！"……请你一边参观一边记录，最后评选出你心目中的博物馆之"最"。

博物馆名称	文物（活动）名称、照片	博物馆之"最"

名家笔下的老成都

研学主题二：可爱国宝

研学因由： 大熊猫已在地球上生存了至少800万年，被誉为"活化石"和"中国国宝"。大熊猫是世界自然基金会的形象大使，是世界生物多样性保护的旗舰物种，是中国和世界各国交流的和平使者，在世界与中国之间架起了一座座友好的桥梁。四川独有的自然条件，特别适合大熊猫的生长、繁育和栖息。所以，四川是大熊猫的故乡。

研学路线：

成都大熊猫繁育研究基地—四川卧龙国家级自然保护区

研学活动：

1. 走近大熊猫，保护大熊猫

走进大熊猫博物馆，认真聆听工作人员讲解，了解大熊猫的有关知识。你可以从大熊猫的进化、分布范围、形态特征、生活习性、濒危原因等方面进行深入了解。为了更好地保护大熊猫，请你设计一个大熊猫保护徽标。

研学活动：大熊猫"都都"带你游成都

可爱的"国宝"大熊猫　摄影：张志和

2. 亲密接触，我是大熊猫保育员

做一天的大熊猫保育员，与"滚滚"们亲密接触。

大熊猫铲屎官：穿上保育服，打扫圈舍。

大熊猫营养师：制作"大熊猫御膳"窝窝头。

大熊猫喂养员：用窝窝头投喂大熊猫。

把你一天的体会写下来。

研学主题三：名胜古迹

研学因由：地球北纬30度附近，有许多奇妙的自然景观，也存在着许多地球文明信息。成都，正位于东经102度至104度和

111

北纬30度至32度之间。徜徉在成都的名胜古迹之间，寻访着历史名人的足迹，感受着这座城市如何将历史的风烟与山水的馈赠融入日常生活。成都独具特色的城市风貌值得探寻。

研学路线：

都江堰—青城山—武侯祠—杜甫草堂—望江楼—人民公园辛亥秋保路死事纪念碑—宽窄巷子

研学活动：

1. 吟创精彩对联，赏写漂亮书法

成都的名胜古迹中有很多精彩的对联，这些对联与景点互相映衬，相得益彰。还有一些对联只有上联，没有下联。请你和同学们吟一吟这些对联，想一想它们是什么意思，试着对对联。你还可以欣赏这些对联所展现的书法之美，用宣纸和毛笔写一写对联，和同学们开一个楹联书法展。

都江堰二王庙对联：

六字炳千秋十四县民命食天尽是此公赐予

万流归一汇八百里青城沃野都从太守得来

青城山山雨亭对联：

山路本无雨

空翠湿人衣

武侯祠对联：

能攻心则反侧自消，从古知兵非好战

不审势即宽严皆误，后来治蜀要深思

杜甫草堂对联：

锦水春风公占却

草堂人日我归来

宽窄巷子对联：

深浅宽窄有

大小方圆具

望江楼对联：

望江楼，望江流，望江楼上望江流，江楼千古，江流千古

（此上联没有与之相对的下联，你能试着对一对吗？）

2. 拜水都江堰，问道青城山

水润天府，到成都就一定要到都江堰寻天府之源，感受古人设计建造这一水利工程的智慧与伟大。参观游览都江堰，完成下面的探索单。你可以请教父母或老师，也可以和同学成立项目组去探究。

探究物		基本结构	工作原理或特点	功能
古堰三大主体工程	鱼嘴			
	宝瓶口			
	飞沙堰			
治水"三宝"	竹笼			
	杩槎			
	卧铁			

闻名天下的青城山就在都江堰旁。人们都说"青城天下幽"，你觉得这个评价有依据吗？结合你的观察与体验，写一写理由。

_____

_____

_____

3. 讲三国故事，诵诗人名篇

一部《三国演义》令人荡气回肠。来到享有"三国圣地"美誉的成都武侯祠，你一定会说，英雄虽已逝，他们的精神却永存。参观武侯祠，开个小小"故事会"，讲一讲三国故事，重温英雄品质。

我讲的故事是：_____

故事中，我最欣赏的英雄是：_____

他吸引我的精神品质是：_____

游览了三国圣地后，我们走进"诗圣"杜甫的故居。杜甫客居成都时创作了两百多首诗歌，其中许多诗是同学们耳熟能详的。参观完杜甫草堂后，举行一个诗歌朗诵会，感怀诗人风骨。将自己最满意的朗诵录音上传至喜马拉雅网站或参加济南出版社举办的朗诵比赛，说不定获奖的就是你！

4. 敬革命英雄，感美好生活

孙中山先生曾经说过："若没有四川保路同志会的起义，武昌革命或者要迟一年半载。"成都这座城市，表面看它是温文尔雅、一派平和的，但每当国祸家仇这样的生死大事摆在面前时，它就会像突然奔涌的江水，一下子爆发出惊人的能量。瞻仰位于人民公园的保路运动纪念碑，向英雄敬献鲜花，在纪念碑前重温入队誓词。

成都还有很多红色资源。你还可以和同学们一起追寻红色足迹，赓续红色血脉，继承光荣的革命传统，用你喜欢的方式完成研学笔记。

川军抗日阵亡将士纪念碑　摄影：赵思翰

时间	研学地点	活动照片	活动收获（手绘、心得、线路设计、音频、视频等）

研学主题四：川剧川菜

研学因由：川剧和川菜都是成都最有特色的"川味正宗"。来成都就要赏川剧、吃成都美食，才算体验了成都的生活美学。在清代"湖广填四川"的人口迁移中，各方文化大交流、大融合。受到移民文化的影响，川剧形成了幽默、诙谐、风趣、活泼的风格。同时，四面八方来的移民带来了不同的习俗、技术与原料，结合天府之国丰富的物产，还有无数无名技艺高手的优选、融汇、创新与发展，川菜因此形成了"一菜一格，百菜百味"的特点。准备好了吗？跟着大熊猫"都都"去赏川剧、品川菜，感受不一样的研学生活。

研学路线：成都川剧艺术博物馆—成都川菜博物馆—宽窄巷子特色餐馆（锦里特色餐馆）

研学活动：

1. 探访川剧，走进川剧博物馆

走进国内首家川剧博物馆——成都川剧艺术博物馆，馆内珍贵的资料、照片、实物等向观众展示了川剧的历史沿革、艺术成

名家笔下的老成都

果。欣赏完后，到川剧院或旁边锦江剧场看一场川剧。边看边赏，边走边访。请完成下面的调查表。

陈巧茹在川剧《卓文君》之《白头吟》中的剧照
陈巧茹：成都市川剧院常务副院长，两度获得中国戏剧"梅花奖"
摄影：陈琪

非遗传承，川剧采访

采访时间		采访地点	
采访对象		记录人	
小组成员			
小组分工			
注意事项			

研学活动：大熊猫"都都"带你游成都

采访问题提纲	
采访记录	
采访小结	

2. 探秘川菜，走进川菜博物馆

在成都大街小巷都能吃到正宗的川菜和小吃，比如在武侯祠、锦里、春熙路、玉林路等，但你要了解川菜历史，就要走进川菜博物馆，认识川菜从古蜀时期到现代的起源、发展、演变的过程及川菜文化的形成过程。

郫县古城镇曾是南方丝绸之路的商贸重镇，成都川菜博物馆就坐落其中。成都川菜博物馆是国家 AAA 级旅游景区、国家三级博物馆，是世界唯一以菜系文化为陈列内容的活态主题博物馆，包含了四川本土文化的重要部分：川菜、川酒、川茶、川戏、川派建筑、川式园林……构成了一道独特的文化风景线。

博物小课堂

我的博物课堂思考	
我的问题	
参观采访后的答案	

117

名家笔下的老成都

我的博物课堂体验收获	
体验"手推石磨"	
观看豆瓣酱制作	
烹饪宫保鸡丁	
其他体验	

3. 安逸成都，走进特色餐馆

通过上面两个研学活动，你是不是在想：如果能有一个地方既能品成都美食，又能赏川剧，来一场文化盛宴多好啊！别急，在安逸的成都，有的是这样的地方！比如，在宽窄巷子、锦里的一些特色餐馆，你可以一边吃美食，一边欣赏精彩的川剧。说不定，川剧变脸等绝活就会来到你身边给你表演呢。

通过实地体验，制作一份美食地图。	给最喜欢的一道川菜拍照并写颁奖词，罗列原因。
我来的餐馆名称是什么？我点的地道川菜有哪些？请采访服务员，了解菜背后的故事。	一边品美食，一边赏川剧。请把这样的体验，用喜欢的方式分享给身边更多的伙伴。